PAUL RUBAN

DER DUFT DES WALS

aufbau

PAUL RUBAN

DER DUFT DES WALS

ROMAN

AUS DEM FRANZÖSISCHEN
VON JENNIFER DUMMER

aufbau

Die Originalausgabe unter dem Titel
Le parfum de la baleine
erschien 2023 bei Flammarion Québec.

FSC
www.fsc.org
MIX
Papier | Fördert
gute Waldnutzung
FSC® C083411

ISBN 978-3-351-04253-0

Aufbau ist eine Marke der Aufbau Verlage GmbH & Co. KG

1. Auflage 2025

www.aufbau-verlage.de
10969 Berlin, Prinzenstraße 85

Bei Fragen zur Sicherheit unserer Produkte wenden Sie sich bitte an produktsicherheit@aufbau-verlage.de.
Einbandgestaltung zero-media.net, München
Satz LVD GmbH
Druck und Binden CPI books GmbH, Leck, Germany
Printed in Germany

Für Paavo und Béa.

Ich liebe euch
wie verrückt und so sehr
mit dem riesengroßen Herz eines Wals.

Der Himmel sah den faulen Prunk an dem Gerippe
Wie Blumen aufgehn; der Gestank
War so entsetzlich, daß dein Leben von der Lippe
Verschwand und fast in Ohnmacht sank.

Charles Baudelaire, Ein Aas

I think you're headed for a breakdown,
so be careful not to show it.

Laura Branigan, Gloria

CÉLESTE

Ich stelle mir oft folgendes Szenario vor: Mitten im Flug laufe ich zum Notausgang und betätige den roten Hebel. Die Tür der Boeing geht auf und es wird extrem laut. Der Wind bläst mir ins Gesicht, trotzdem gelingt es mir wie durch ein Wunder, die Notrutsche durch selbstbewusstes und beherztes Ziehen zu aktivieren. Anschließend entledige ich mich meines Blazers, unter dem ich einen Fallschirm trage. Ich drehe mich noch ein letztes Mal zu den Passagieren um, streiche mir theatralisch die Haare aus dem Gesicht und schicke sie alle – mit einem schelmischen Lachen und funkelnden Augen – zur Hölle.

Ein Szenario, das in einer Schublade in meinem Kopf schlummert.

Denn die traurige Wahrheit ist, dass ich durch den Gang schlurfe und wie eine gesprungene Schallplatte mit gestellter, honigsüßer Stimme immer wieder frage: »Feuchte Tücher? *Wet towelettes*? Feuchte Tücher?«

Es ist meine letzte Gabe vor der Landung. Eine Art Reinigungsritual – die Gelegenheit für all diese Idioten, sich die Sünden der vergangenen fünf Flugstunden abzuwischen. Gut in den Urlaub zu starten, geschniegelt und sauber.

Barmherzig wie ein Priester, der seinen Schäfchen die Hostie auf die Zunge legt, nehme ich jeweils ein Tuch zwischen Daumen und Zeigefinger und überreiche es.

Eins für 4C, die heimlich versucht hat, eine zu dampfen. Eins für 13B, der, als ich den Servicewagen vorbeigeschoben habe, absichtlich meinen Po gestreift hat. Eins für 17D, der mich ständig antanzen ließ und mir seinen Becher unter die Nase hielt, als würde der Wodka aus mir herausfließen. Tücher für das Paar auf 26A und 26B mit den orangenen Gesichtern – wahrscheinlich das Resultat eines gemeinsamen Solariumbesuchs, der sie auf die tropische Sonne »vorbereiten« sollte –, das auf die Toilette verschwand, um sich einen Platz im *Mile High Club* zu sichern. Ein Tuch für 27F, die während der Turbulenzen *absichtlich* das Anschnallzeichen ignoriert hat. Nachdem sich diese blöde Kuh abgeschnallt hat, ist sie schnell in die Toilette, um sich zu mausern: riss sich den Wollpullover vom Leib und tauschte ihn gegen ein Sommerkleid und Sandalen.

Ich habe aufgehört zu zählen, wie oft ich bei diesem Flug in den Süden dabei war, diese ganzen Charterflüge, die in meinem Kopf zu einem einzigen geflügelten Albtraum verschmelzen. Und je mehr Jahre vergehen, desto mehr scheinen sich die Urlauber zurückzuentwickeln und lassen mich am Schicksal unserer Spezies zweifeln.

Halbwegs normal schien heute nur die Familie in Reihe 8. Mutter, Vater und Tochter, die artig auf einem Etch A Sketch auf ihren Knien malte.

Eine gewöhnliche Familie ohne Drama, so wie ich sie mag.

Aber ich war zu voreilig.

Während die Eltern mit Nackenhörnchen um den Hals schliefen, schlich die Kleine mit voller Blase zur Toilette. Da sie besetzt war – von dem orange getünchten Pärchen –, kehrte sie an ihren Platz zurück und versuchte, ihre Eltern zu wecken. Doch es war nichts zu machen, die beiden schliefen tief und fest. Panisch fasste die Kleine unter ihren Sitz zur Rettungsweste und legte sie sich an. Warum auch immer, vermutlich ein Hilferuf. Als sie dann auch noch anfing, die Weste aufzublasen, brannte mir die Sicherung durch. Mit zuckendem Augenlid stürzte ich mich auf Mutter und Vater und schüttelte sie wie eine Packung Tomatensaft.

Zu sagen, ich würde meine Berufswahl nicht bereuen, wäre gelogen. Mir tut es noch immer leid, den Ruf nach einem religiösen Leben in meiner Jugend ignoriert zu haben – diese leise Stimme in mir, die ich leichtfertig überhört habe. Ich wäre sicher eine gute Nonne geworden. Meine Mutter meinte es gut, als sie sagte, ich würde auch so den Menschen auf gewisse Art und Weise helfen, in den Himmel zu kommen. Hätte sie doch nur eine Ahnung davon, was ich in tausend Metern Höhe alles ertragen muss. Dieses ganze Gerede und all das Zeug, das ich mit einem Lächeln servieren muss … Den Party-Chaoten, die sich um die Wette ins Koma saufen. Den frisch Vermählten, die glauben, sie könnten sich alles erlauben, nur weil sie in den Flitterwochen sind. Den jungen Eltern, die mit Augenringen bis zum Bauchnabel Babys auf ihrem Schoß hüpfen lassen und hoffen, dass eine Woche Cluburlaub die erloschene Libido wieder entfacht. Der geschiedenen Dame auf der Jagd nach jungen Männern, die den Ausschnitt ihres Badeanzugs vor ihrem Tauchlehrer ein Stück tiefer ziehen wird. Dem trübseligen Witwer, der sich auf der Tanzfläche gegen jeden reibt, weil er die Leere in sich füllen will. Der Großfamilie, die sich eigentlich nicht ausstehen kann, mithilfe von reichlich Rum-Cola aber ihr Bestes geben wird.

Ich ertrage sie nicht mehr. Wie lange noch bis zur Rente? Meiner letzten Berechnung zufolge muss ich diesen Luftzirkus nur noch sechs Jahre ertragen … Vorausgesetzt, dieser Billiganbieter geht vorher nicht pleite und nagelt seine Flotte zusammen mit meiner Altersvorsorge am Boden fest.

Doch bei der ganzen Nörgelei sehe ich auch die Vorteile meines Jobs. Zum Beispiel die Aussicht auf eine Woche Urlaub in der Sonne nach getaner Arbeit. Wie die, die mich nebenbei gesagt erwartet, sobald wir gelandet sind.

Denis – der Flugkapitän – gibt mit knisternder Stimme durch, dass der Landeanflug begonnen hat. Denis ist nicht nur ein Kollege, sondern auch ein langjähriger Freund. Sein nüchterner Ton bei den Durchsagen bringt mich immer zum Schmunzeln. Sobald das Mikro aus ist, ist er der Erste, der Witze über Flugzeugabstürze macht.

Ich setze mich auf den Notsitz und schaue durch das Fenster. Unter uns ziehen das ruhige Meer und Palmen vorbei. Als das Fahrwerk ausgefahren wird, führe ich eine Reihe verinnerlichter Rituale aus. Ich richte meinen Seidenschal, trage Lippenstift auf, reibe meine Hände mit Jojobacreme ein. Und verborgen vor den Blicken anderer bete ich in meiner Blazertasche einen Bernsteinkranz herunter, ein Geschenk zu meiner Erstkommunion, das mich überall begleitet, wie im Himmel, so auf Erden. Denis mag ein noch so herausragender Pilot sein, ich überlasse lieber nichts dem Zufall.

Bis die Räder endlich den Asphalt berühren, behalte ich die junge Passagierin vor mir im Auge. Sie ist kreidebleich und sucht verzweifelt nach der Kotztüte. Ich halte sie ihr sofort – dank einer Abfolge perfekt abgestimmter Bewegungen – unter das Kinn. Die Reifen treffen auf den Boden, die Passagierin wird nach vorne geworfen und übergibt sich. In der Kabine wird geklatscht und gejubelt. Möge der Urlaub beginnen.

WALDEMAR

»Heiliger Christophorus, mach, dass meine Hände stark und meine Augen wachsam sind und dass ich niemandem auf meinem Weg schade. Beschütze mich und beschütze alle, die mir durch jedes Übel und jedes Unheil helfen. Lehre mich, das Gefährt zum Nutzen anderer zu bedienen, und die Liebe zur Geschwindigkeit abzuwehren. Führe uns sicher an unser Ziel, so dass ich auf meinem Weg stets freundlich und höflich bin. Amen.«

Dieses Gebet baumelt eingeschweißt und mit umgeknickten Ecken an meinem Rückspiegel. Und verdreht sich in jeder Kurve.

Das Gefährt, das es schützt, ist ein Golfcart, das keine 40 Kilometer die Stunde schafft. Ich hielt es trotzdem für angebracht, es dem Schutz des Heiligen Christophorus, dem Patron aller Autofahrenden, zu unterstellen.

Als ich das Gebet aufgehängt habe, haben sich meine Kollegen des Hotel Nuevo Gran Palacio über mich lustig gemacht: »Hey, *viejito*, du willst mit deinem Rennwagen doch etwa keinen Crash verursachen? Oder während der zehnsekündigen Fahrt gegen eine Palme donnern?«

Natürlich sind meine Wege nicht weit. Von dem kleinen Wachhäuschen am Straßenrand unter dem großen Bogenportal des Hotels bis zum Vorplatz sind es höchstens 800 Meter. Vor dem Häuschen halten die Kleinbusse vom Flughafen gerade so lange, wie es dauert, die neuen Gäste auszuladen, anschließend verschwinden sie in einer Staubwolke in Richtung weiterer Badeorte entlang der Küste und kehren dann zum Flughafen zurück – ein immerwährender, endloser Kreis.

Die Familie, die ich gerade aufgelesen habe, mag es lieber still, keinen Small Talk. Ich hatte es im Laufe der Jahre mit genug Touristen zu tun, um zu wissen, wann ich reden kann und wann ich lieber schweige. Ich begnüge mich damit, auf die Annehmlichkeiten des weitläufigen Hotelkomplexes zu zeigen, den ich wie meine Westentasche kenne, und so sachlich wie höflich zu sagen: »Da sind die Tenniscourts … gleich daneben ist die Poollandschaft. Zu Ihrer Rechten sind Minigolf und Riesenschach. Und sehen Sie den Kran da oben auf dem Hügel? Wir bauen gerade einen riesigen nagelneuen Pavillon mit 200 Luxuszimmern und einem Schwimmbad mit Sauna. Alles nur vom Feinsten. Sie sollten zur Eröffnung wiederkommen. Nächsten Sommer, wenn alles gut geht.«

Ich betrachte einen Betonmischer in einer Ecke der hochgelegenen, gewaltigen Baustelle. Seine Mischtrommel dreht sich langsam, wie die Erde, trostlos um die eigene Achse. Plötzlich entleert sie eine breiige Betonlava in eine Schubkarre, um die eine Handvoll Arbeiter steht. Über ihren sonnengebräunten Gesichtern wackeln Helme hin und her, drei Nummern zu groß und aus billigem Plastik. Ich kenne einige davon, wir winken uns zu.

Ich blicke im Rückspiegel zur Mutter. Eine hübsche Rothaarige mit blasser Haut, üppig, um die 40. Sie starrt ins Leere und schiebt sich mit verkrampftem Kiefer schweigend die Nagelhaut ihrer Finger zurück. Ich stelle mir ihren scheuen Blick hinter der großen Sonnenbrille aus Schildpatt vor, der fragt, was sie hier bloß soll. Es gibt erstaunlich viele Urlauber, die bei ihrer Ankunft im Cluburlaub aussehen, als wären sie gerade auf dem Jupiter gelandet.

Ihren Arm hat sie um ihre Tochter gelegt, die ich auf zehn oder elf schätze. Die Kleine dreht munter und gewissenhaft an den Knöpfen eines Etch A Sketch. Ich sehe nicht, was sie malt, doch so konzentriert, wie sie dabei ist, muss sie eine Künstlerin sein.

Ich suche im Rückspiegel ihre Augen und frage: »Was malst du, *Señorita?*«

»…«

»Ava, der Mann hat dich was gefragt«, brummt ihr Vater neben mir.

»Eine künftige Frida Kahlo!«, sage ich den Eltern zuliebe.

»Ihr Spezialgebiet ist der Realismus«, prahlt der Vater. »Viele Stillleben. Obstkörbe, Vasen und so was. Gerade malt sie eine Palme, die sie im Flughafen gesehen hat.«

»Eine Palme *in* einem Flughafen! Na, wenn sie Palmen mag, kriegt sie hier reichlich davon«, antworte ich und deute mit dem Kinn auf die endlose Reihe am Wegrand.

Ich bin die Strecke schon so oft gefahren, dass es auch mit verbundenen Augen ein Leichtes wäre. Trotzdem habe ich es jetzt, warum auch immer, versäumt, den Fuß vor dem Bremsbuckel vom Gas zu nehmen. Wir holpern mit voller Wucht darüber. Meine Passagiere schreien simultan auf. Ein Golfcart federt die Erschütterungen des Lebens nicht ab. Ich werfe mir meine Unachtsamkeit vor.

»Mist!«, ärgert sich das Mädchen und beugt sich über ihre kleine Plastiktafel. »Jetzt ist alles weg.«

»Das macht nichts, Spatz«, versucht sie ihre Mutter zu beruhigen. »Hier sind noch so viele Palmen, die du zeichnen kannst … Hey, *Señor!* Können Sie nicht aufpassen!?«

»Aber natürlich, bitte entschuldigen Sie …«, stammle ich und verabschiede mich in Gedanken von dem Trinkgeld.

Der Mann greift zum beigen Haltegriff an der Decke des Carts und dreht sich ruckartig zu seiner Frau nach hinten.

»Verdammt, Judith! Wie redest du denn mit ihm!? Wir sind zwar in einem Fünfsternehotel, aber die Angestellten sind doch nicht unsere Lakaien.«

»Hugo, er fährt wie ein Verrückter und hat dadurch Avas Bild gelöscht«, hält sie dagegen.

»Dann zeichnet sie die blöde Palme eben noch mal. Gelöschtes kann neu entstehen.«

Mit Unbehagen umklammere ich das Lenkrad und tue, als würde ich ihren Streit nicht hören. Auch das Mädchen scheint abgeschaltet zu haben. Sie sinkt in ihren Sitz, als schäme sie sich für ihre Eltern, und macht sich daran, die leere Fläche ihres Etch A Sketch wieder zu schwärzen.

Zum Glück sind wir gleich da. Wir erreichen das Rondell mit dem Brunnen, den eindrucksvollen Vorplatz des Hotels.

»Da wären wir«, verkünde ich und betätige die Bremse ganz vorsichtig. »*¡Bienvenidos al Nuevo Gran Palacio!*«

Kaum ist der Motor aus, springen die Eltern blitzschnell von ihren Sitzen. Hätte das Cart Türen, hätten sie sie vermutlich so sehr zugeknallt, dass sie aus den Angeln geflogen wären. Das Mädchen malt hingegen still mit dem Kopf nach unten weiter.

Ich nehme die Koffer und stelle sie vorsichtig auf dem weißen Marmorboden in der Halle ab. Der genannte Hugo bedankt sich bei mir und drückt mir unbeholfen zwei amerikanische Dollar in die Hand. Seinen Unmut versucht er mit einem Kommentar zu meinen schwarzen Lederhandschuhen zu überspielen, die ich beim Fahren trage: »Echt *stylish*, deine Handschuhe! Wie bei Steve McQueen.«

»*Gracias, Señor*«, erwidere ich höflich, ohne auf seine Schmeichelei hereinzufallen.

In dem Moment taucht Luis Miguel auf. Der neue Chefconcierge ist ein selbstgefälliges kleines Dickerchen mit nach hinten gegelten Haaren, der ständig mit der Goldkette um seinen Hals spielt. Seit er von der Leitung einen Ohrknopf bekommen hat, hält er sich für den Nabel der Welt. An mich wendet er sich nur noch, wenn er etwas braucht, so wie jetzt: »*Oye, viejito*, meine Kofferträger haben alle zu tun. Tu mir den Gefallen und bring das Gepäck der Familie auf deren Zimmer, während sie einchecken. *¿Vale?*«

Gerne würde ich sagen: »Luis Miguel, falls du es vergessen hast: Ich war dreißig Jahre lang Gepäckträger. Ich war sogar der allererste, als das Hotel eröffnet hat, zu einer

Zeit, in der das ›Nuevo‹ in ›Nuevo Gran Palacio‹ wirklich ›nuevo‹ war, zu einer Zeit, in der du noch Sternenstaub warst. Ich weiß, dass du mich letztes Jahr zu den Carts versetzt hast, weil ein alter Knochen wie ich am Empfang nicht zu dem jungen und sexy Image passt, das du den Gästen vermitteln willst. Dabei wissen alle im Hotel, dass ich dein bester Gepäckträger war. Also nimm deinen ›Gefallen‹ und steck ihn dir dorthin, wo keine Sonne scheint. *Cabrón.*«

Doch ich sage nur: »Aber gerne, Luis Miguel.«

»*¡Gracias, viejito!*«

Er lächelt mir zu, klopft mir auf den Rücken und entfernt sich langsam.

Während sich die Eltern an der Rezeption anmelden, sitzt die Tochter im Schneidersitz auf dem Rand eines riesigen Kunstteichs in der Mitte der Empfangshalle. Sie hat ihr Etch A Sketch auf dem Schoß und malt die großen Koikarpfen aus dem Teich erstaunlich realitätsgetreu.

Ich stelle den Gepäckwagen neben ihr ab, gehe in die Hocke, ziehe ein Tütchen aus meiner Westentasche und sage: »Gib mir deine Hand!«

Ich klopfe mit den Fingern gegen das Tütchen, so dass Fischflocken auf ihre kleine Kinderhand rieseln.

Sie erstrahlt.

»Und jetzt?«

»Jetzt wirfst du sie ins Wasser. Aber versuch die Kleinen zu treffen. Es sind immer die dicksten Dickwänste, die alles fressen.«

»Wie im Leben auch.«

»Du weißt, wie der Hase läuft«, gratuliere ich und tätschle ihr den Kopf. »Eine echte Minimarxistin.«

Beim Aufrichten knacken meine Knie.

»Wir sehen uns gleich auf eurem Zimmer, wenn deine Eltern mit dem Check-in fertig sind«, sage ich, während ich zu dem Gepäckwagen gehe.

Ava nickt und hebt kurz die Hand. Dann streut sie weiter Flocken auf die Karpfen, die die Wasseroberfläche abknutschen. Fast wie Küken in einem Nest, die ihre Schnäbel in Erwartung eines Wurms aufreißen.

Ich schiebe den Wagen in den Aufzug. Die glänzenden Kupfertüren schließen sich, lassen mich mit meinem Spiegelbild allein. Schon verrückt, wie alt ich auf einmal aussehe. Ich erkenne dieses Gesicht kaum wieder, diese alte und zerfurchte Haut, die überall zusammenfällt. Vielleicht sähe ich ohne den Schnauzer jünger aus? Nein, dann wären die Falten über meiner Lippe nur noch präsenter … Ich betrachte meine hängenden Ohrläppchen, mit denen ich wie ein Basset Hound aussehe. Meine Haare sind angegraut, mehr grau als schwarz. Der einzige Trost: Sie scheinen noch gute Wurzeln zu haben. Was lässt sich über das einst so kantige und inzwischen schlaffe Kinn sagen? Ganz zu schweigen von den hängenden Lidern, ihrer feinen und knittrigen Haut? Und wenn ich mich liften lassen würde? Schönheitschirurgie ist letztlich nicht nur etwas für Frauen …

Ich ziehe mit den Zeigefingern die Augenlider hoch, als die Tür aufgeht.

Vor mir steht eine Familie in Badesachen, die mich perplex ansieht: Sie denken bestimmt, ich wäre übergeschnappt. Ich lächle nervös, schaue nach unten und mache, dass ich aus dem Fahrstuhl komme. Ich schiebe den Wagen im Schnellschritt vor mir her und tue, als würde ich nicht hören, wie die Familie in meinem Rücken laut loslacht.

Im Flur treffe ich kurz darauf auf Belén, die einen großen Rollbehälter mit Bergen von schmutzigen Laken manövriert. Meine geliebte Belén, so viel mehr als ein einfaches Zimmermädchen: mein Herz, meine Sonne, meine Welt. Ich mache ihr schon seit Jahren den Hof, und bekomme seit Jahren immer wieder einen Korb. Auch wenn mir ihr Lächeln verrät, dass ihr meine Avancen schmeicheln.

Als sich unsere Wege kreuzen, stoße ich meinen Wagen absichtlich gegen ihren Behälter.

»Ups, verzeih, mein Engel. Deine verhängnisvolle Schönheit hat mich kurz abgelenkt.«

»Haha. Komm, Waldemar, lass mich vorbei. Ich muss die Wäsche in die Waschküche runterbringen und dann wieder hochkommen und die Zimmer fertig machen.«

»Deine neue Spange steht dir übrigens ausgezeichnet … Auch wenn du sie eigentlich gar nicht brauchst. Ich fand dein Gebiss immer toll.«

»Danke«, erwidert sie und hält sich verlegen eine Hand vor den Mund. »Ich dachte mir, es ist nie zu spät, um sich sein Lachen richten zu lassen.«

»Na hör mal, dein Lachen ist doch perfekt!«

Ich stütze meine Ellenbogen auf dem Wagen ab, lehne mich nach vorne und verliere mich in ihren lächelnden, kastanienbraunen Augen. Ich bewundere das Rosa, das sie auf ihre feinen Lippen aufgetragen hat, die winzigen Schönheitsflecken auf ihren Wangen, ihre Kurven in der pastellgrünen Uniform. Mir gefällt einfach alles an ihr, auch ihre Haare, die sie in einem Dutt trägt, und die elegante graue Strähne, die sie natürlich belässt. Und jetzt die Zahnspange.

»Heirate mich!«, hauche ich ihr zu.

»Dafür hast du zu wenig Geld, Waldi«, albert sie herum und tätschelt mir sanft die Wange. »Und jetzt weg mit dir!«

»Aber mein Herz gehört dir!«

»Und meins gehört Óscar.«

»Ach komm schon, Belén! Dein Mann ist vor vier Jahren in die USA gegangen. Du weißt genauso gut wie ich, dass es mit euch vorbei ist.«

»Er hat versprochen, mich nachzuholen, sobald er seine Papiere hat.«

Ich ziehe ein Unterlid herunter, um ein »ja klar« anzudeuten, dann lege ich meine Hand auf ihre.

»Was willst du nur mit 52 da drüben tun?«

»Lass mich vorbei, Waldemar!«, sagt sie mit rollenden Augen.

»Nur wenn du am Freitag mit mir zusammen Bachata tanzt. Wir harmonieren perfekt beim Tanzen.«

»Ich kann Freitag nicht.«

»Dann nächsten Freitag. Was sagst du?«

»Nein.«

Ich presse resigniert die Lippen zusammen und schiebe meinen Wagen beiseite, um sie vorbeizulassen.

»Du weißt, dass ich dich schon immer liebe.«

»Ja, ich weiß, Waldi«, flüstert sie, während sie mir in die Augen schaut.

Dann setzt Belén ihren Behälter schwungvoll in Bewegung.

»Es geht einfach nicht!«, sagt sie, zeigt dabei auf den Ring an ihrer Hand und signalisiert mir so, dass sie immer noch sehr verheiratet ist.

Sie folgt dem Flur und ich sehe ihr noch eine gefühlte Ewigkeit nach. Als sie um die Ecke verschwindet, fallen weiße, leichte Laken tänzelnd vom Himmel und begraben mein Herz unter sich.

Sie fehlt mir schon jetzt, weshalb ich ihr eine Nachricht schreiben muss. Aber ich finde weder die richtigen Worte, noch den nötigen Charme. Nach zwei verunglückten und gelöschten Versuchen entscheide ich mich für die schlichte Fröhlichkeit eines Emojis.

Das kleine gelbe Gesicht meiner Wahl zeigt ein albernes Zahnspangenlächeln.

Zufrieden schicke ich es ab.

Mit meinem Generalschlüssel öffne ich die Tür zum Zimmer der neuen Gäste, trete ein und stelle die Koffer in die Ecke. Nachdem ich mich versichert habe, dass die Tür wirklich zu ist, lasse ich mich auf eines der beiden Kingsize-Betten fallen. Ich streiche mit der Hand über die Decke und muss seufzen. Feinste Baumwolle aus Ägypten, siebenhundert Fäden pro Quadratzoll. Kurz darauf drehe ich mich zu meinem Bettgenossen – ein weißes Handtuch, zu einem eleganten Schwan gefaltet. Er starrt mich an.

»Und du? Was würdest du an meiner Stelle tun? Mein verrücktes Unterfangen aufgeben, Belén erobern zu wollen?«

»…«

»Ich weiß, ich weiß, das geht schon viel zu lange. Aber was soll ich machen, ich habe nur Augen für sie. Entweder Belén oder keine.«

»…«

»Keine!? Geht's noch? Lieber sterbe ich.«

Nach den vielen Jahren in meinem Beruf verfüge ich über eine Art innere Uhr, die mir hilft einzuschätzen, wie lange neue Gäste brauchen, um einzuchecken und ihr Zimmer zu finden. Und das quasi bis auf die Minute genau. Meine innere Uhr sagt mir, dass sich meine Zeit auf dem Bett dem Ende neigt.

Ich stehe mit einem Ruck auf, streiche, um meine Spuren zu verwischen, die Decke glatt, glätte meine graue Uniform, glätte mein silbernes Haar und spurte zur Tür. Meine Mundwinkel sind noch nicht ganz hochgezogen, da höre ich schon die Schlüsselkarte die Tür entriegeln.

Ich sage: »Herzlich willkommen auf Ihrem Zimmer!«

Die Familie tritt schüchtern ein und sieht sich voller Bewunderung um.

»Wow!«, gibt sich Judith verblüfft.

Ich merke ihr an, dass sie lieber woanders wäre. Trotzdem bemüht sie sich, riecht an dem Strauß Rosen, der erst vor Kurzem auf den Tresen der Kochnische gestellt wurde.

»Ich-werd-nicht-mehr! Seht euch das Bidet an! Und

den Whirlpool auf dem Balkon!«, sprudelt es aus Hugo heraus. »Es ist sogar noch schöner als auf den Bildern im Internet.«

»Ich mag die Schwäne«, flüstert Ava, als sie die Handtuchfiguren auf den Betten entdeckt, dann wickelt sie ein Stück Willkommensschokolade aus und steckt es sich in den Mund.

Ich beuge mich zu ihr hinunter und sage leise: »Wenn du näher rangehst und genau hinhörst, erfährst du, worüber sie reden. Aber du musst dich beeilen, bevor sie davonfliegen.«

Während sie ihren Kopf dicht an die Baumwollschwäne hält, reiche ich den Eltern ein Prospekt.

»Was ist das?«, fragt Hugo.

»Eine Auswahl an Kissen, um Ihnen die Nächte so angenehm wie möglich zu machen. Sie haben die Wahl.«

Ava, abgelenkt von dieser neuen Sache, erkundigt sich: »Ein *Kissen*-Menü?«

»Ganz genau. Es ist für jeden etwas dabei. Orthopädische Kissen. Kissen mit Memory Foam. Antiallergische Polyesterkissen mit silikonisierten Hohlraumfasern. Mikrogelkissen. Und nicht zu vergessen das Gänsefederkissen *ultraslim*, bestens geeignet für Rückenschläfer wie mich. Es gibt sogar ein Kissen für Schwangere.«

»Das brauchen wir ganz sicher nicht!«, wirft Hugo ein. »Dem Hahn haben wir längst das Wasser abgestellt, wenn du verstehst, was ich meine.«

Er zwinkert mir komplizenhaft zu und macht mit einer Fingerschere schnipp, schnapp vor seinem Schritt. Die Augen seiner Frau werden auf einmal feucht, etwas,

was ich als Bedauern darüber interpretiere, keine weiteren Kinder bekommen zu haben.

»Ja, ein Kind ist echt viel«, übertreibt sie und kann ihre Enttäuschung kaum verbergen. »Jede Menge Arbeit!«

»Ich kann euch hören«, brummt Ava, während sie einem der Handtuchschwäne über den Kopf streichelt.

Ich wechsle schnell das Thema: »Wenn Sie wünschen, können Sie Ihre Kissen auch mit Duft wählen: Kamille, Lavendel oder Jasmin!«

»Meine Güte, was für eine Auswahl«, zwingt sich Judith ab.

»Also ich nehme dann mal das *Ultraslim!*«, sagt Hugo. »Mit Jasminduft.«

»Und für Sie?«

»Das orthopädische. Mit Lavendel.«

»Eine ausgezeichnete Wahl«, versichere ich ihnen auf meinem Weg zur Tür. »Ein Kollege wird sie Ihnen später bringen. Haben Sie einen angenehmen Aufenthalt! Und falls Sie etwas brauchen, zögern Sie bitte nicht. Wir sind für Sie da.«

»*Mouchas grâsias*«, versucht sich Hugo und drückt mir genauso umständlich wie vorhin einen Dollar in die Hand.

Ich bedanke mich mit einem unterwürfigen Lächeln.

Bevor ich die Tür schließe, sehe ich noch die kleine Ava, wie sie vor dem Bett kniet und einem Schwan etwas ins Ohr flüstert.

Ich frage mich, was sie ihm wohl erzählt.

HUGO

Bumm.

Eine dumpfe, aber heftige Explosion.

Ich reiße sofort die Augen auf.

Judith schläft ungerührt im anderen Bett weiter. Mit der Hand unter der Wange und etwas Spucke im Mundwinkel, wie sonst auch. Während ich in Hotels nie gut schlafe, könnte meine Frau genauso gut in einem Kanu oder auf einem Nagelbrett schlafen. Ich schaue durch den offenen Türspalt in den Wohnbereich, wo Ava auf einem Schlafsofa liegt. Auch sie hat nichts gemerkt.

Mein Kopf plumpst zurück aufs Kissen, das mir auf einmal unglaublich unbequem vorkommt. Vielleicht hätte ich anstelle des *Ultraslim* doch lieber das Mikrogelkissen wählen sollen.

Ich starre wie hypnotisiert auf den kreisenden Deckenventilator und überlege, was die Explosion verursacht haben könnte. Sie war heftiger als eine explodierende Gasflasche, schwächer als ein in die Luft gejagtes Auto – zumindest verglichen mit denen aus Filmen. Auch wenn sie durch die Hotelwand abgeschwächt wurde, war die Explosion doch in der Nähe. Dazu wirkte sie auf mich relativ fleischig, hatte eine etwas schleimige und nasse Textur. Es war mehr ein *Bummplatsch* als ein *Bumm.* So wie in diesem einen Sommer meiner Jugend, als meine Brüder und ich uns einen Spaß daraus gemacht hatten, im Feld meines Onkels mit einer Schrotflinte auf riesige Wassermelonen zu schießen. *Bummplatsch.*

Nach minutenlangem Hin- und Hergewälze, ohne wieder einzuschlafen, stehe ich leise auf. Ich schleiche zum Balkon, um meine *Ladys* nicht zu wecken, und schiebe vorsichtig die Fenstertür auf. Der träge Morgen taucht den Himmel in das Orange einer Tangerine mit sanftem Übergang in ein blasses Lila. Der Strand ist nicht weit weg, wird aber von Palmen verdeckt. Eine Schwalbe – oder doch eine Fledermaus? – fliegt lautlos über sie hinweg. Ihre Rufe werden von den rauschenden Wellen und einem wirren Stimmengemisch am Strand verschluckt.

Ich beuge mich vor, versuche, etwas zu verstehen. Als ich an das Geländer greife, fasse ich in eine Art klebriges Gelee. Irritiert betrachte ich es an meinen Händen und reibe es zwischen Zeigefinger und Daumen.

Als ich darin Blut erkenne, fängt mein Herz an zu rasen. Es ist überall auf dem Geländer. Und auch auf der stuckverzierten Hotelmauer befinden sich Spritzer davon.

Ich haste ins Bad, wasche mir die Hände, ziehe den Bademantel mit dem aufgestickten Hotellogo über und schlüpfe in meine zitronengelben Crocs. Getrieben von einer morbiden Neugier, zieht es mich an den Strand.

Ich folge zügig dem mit kleinen Gartenlampen gesäumten Weg aus Bodenplatten. Auf einmal werden meine Beine weich und in meiner Speiseröhre steigt Galle auf: Hier sind überall noch mehr, und größere Stücke von diesem blutigen Gelee. Auf dem Stamm einer Kokospalme, auf dem Strohdach der Tiki-Bar, auf den

Liegestühlen rund um den Pool, die irgendwelche Idioten schon mit ihren Strandtüchern »reserviert« haben. Selbst im Wasser schwimmt ein Klumpen träge vor sich hin.

Ich gehe sofort vom Schlimmsten aus: dem Angriff eines Kamikazefliegers. Allerdings befinden wir uns hier in einem sicheren Land. Bevor wir losgefahren sind, hat Judith sogar noch einmal die Website des Auswärtigen Amts nach aktuellen Reisewarnungen gecheckt – es gab keine. Wenn es wirklich sein muss, könnte ich ja verstehen, dass man einen unter Touristen beliebten Badeort anvisiert, aber einen leeren Strand bei Tagesanbruch? Das macht doch keinen Sinn.

Auf dem Weg zum Strand läuft mir eine schwer atmende Joggerin entgegen. Alles an ihr – ihre Espadrilles, ihr schwarzes Lycra-Top, ihre Arme, ihr Kopf – ist mit Blut beschmiert, das nicht ihres ist.

»*You do NOT want to go there*«, gibt sie erschüttert von sich, »*it's fuckin' gross.*«

Ihre Warnung macht mich nur noch neugieriger. Ich lege einen Zahn zu, bringe meine Crocs zum Patschen.

Am Strand bin ich dann so bestürzt, dass ich keinen Fuß mehr vor den anderen kriege. Eine kleine Gruppe aus Hotelangestellten, Gästen und Schaulustigen steht um einen Koloss von Tierkadaver.

Ein Wal.

Ein Blauwal.

Ich gehe zögernd auf seinen Körper zu. Um ihn herum liegen große, schleimige Stücke seiner Eingeweide, die in der aufgehenden Sonne funkeln. Ein langer Riss an der Seite zeigt sein höhlenartiges Inneres.

Und plötzlich dieser Geruch – stechend und ranzig.

Vielleicht ist es Ambra, eine Substanz aus dem Verdauungstrakt von Walen, die wegen ihres würzigen Moschusduftes in der Luxusparfumindustrie besonders begehrt ist. Aber das kann es nicht sein: Der Gestank ist so abstoßend, dass ihn kein Parfumhersteller haben wollen würde.

Ich entdecke den Mann, der uns gestern mit dem Golfcart gefahren und unser Gepäck auf das Zimmer getragen hat. Er ist groß und dürr und sein Rücken durch die Last der Jahre gekrümmt. Ein Namensschild am Revers seiner grauen Uniform stellt ihn der Welt als »Waldemar« vor. Sein längliches, braun gebranntes Gesicht wird von zwei senkrechten Falten dominiert, die Wangen und Mundwinkel verbinden. Weitere Falten zerfurchen seine Stirn wie die kleinen Wellen, die der Wind auf Dünen hinterlässt. Für einen kurzen Moment stelle ich mir vor, wie Waldemar in einem Unterhemd bei sich zu Hause vor einem fleckigen Spiegel steht. Pfeifend trimmt er mit einer Schere seinen schmalen weißen Schnauzer, während aus einem alten Radio leise eine Guajira erklingt.

Ich vergrabe meine Nase wegen des scheußlichen Geruchs in meinem Ellenbogen und gehe auf ihn zu.

»Hallo, Waldemar.«

Er hatte die elegantere Variante gewählt, kneift sich mit Daumen und Zeigefinger die Nase zu.

»*Hola, Señor.* Wie war Ihre erste Nacht?«, fragt er durch die Nase.

»Sehr gut, trotz … na ja, *dem da*«, antworte ich und deute auf den Wal. »Was ist passiert?«

»Er ist in der Nacht gestrandet.«

»Und Sie haben ihn in die Luft gesprengt?«

»Oh, nein! Er ist von selbst explodiert.«

»Explodiert?«

»Explodiert … *Kabumm*!«, sagt er mit großen Augen und einer unterstützenden Gebärde.

Ich bin sprachlos.

Dem Wal nähern sich Polizisten und der Hotelbetreiber, sie umrunden ihn hektisch, wissen nicht, wo ihnen der Kopf steht. Sie wirken wie überforderte Ameisen nach einem Asteroideneinschlag. Eine Fernsehjournalistin erreicht den Ort des Geschehens. Sie frischt ihr Make-up in einem kleinen Spiegel auf, den sie in der ausgestreckten Hand hält, und wechselt dabei ständig ihre Position vor dem Tier, um gemeinsam mit ihrem Kameramann die beste Einstellung zu finden.

Als ich mich Waldemar wieder zuwende, versuche ich die Situation mit Humor zu entspannen: »Vielleicht war der Wal ja ein Islamist!«

Ich klopfe ihm auf den Rücken, aber der Witz kommt nicht an.

Er entgegnet: »Das hat nichts mit Religion zu tun, sondern mit Biochemie. Als der Wal vor einiger Zeit im Meer gestorben ist, fing sein Körper an, sich langsam zu zersetzen und mit Methan zu füllen. Eine überaus explosive Mischung.«

»Ähm … stranden hier oft Wale, die dann explodieren?«

»Es ist das erste Mal.«

»Also liegt diese Gegend nicht auf einer Wanderroute?«

»Doch, schon. Allerdings für Menschen, die losziehen, um ihr Glück in den USA zu suchen. Nicht für Wale.«

»Komisch.«

»In meinem Alter überrascht mich nichts mehr, *Señor.*«

Plötzlich spricht mich ein sehr junger Zigarettenverkäufer in der Hoffnung an, seine Ware, die er in einer Art Holzkiste mit Riemen vor sich trägt, könnte mich interessieren. Er dürfte ungefähr in Avas Alter sein. Sein Kopf steckt in einer viel zu großen Filzmelone. Er hat Pausbäckchen und Augen mit langen Wimpern, die eine Müdigkeit verbergen, wie sie kein Kind ertragen sollte. Ich kann mir kaum vorstellen, was sie schon alles gesehen haben.

Waldemar scheint diesen Jungen zu kennen und spricht ihn auf Spanisch an. Ich verstehe kein Wort, gehe aber davon aus, dass er ihm sagt, er solle die Touristen nicht belästigen. Allerdings verfehlt Waldemars näselnde Stimme seine Wirkung und bringt den Jungen zum Lachen. Waldemar insistiert nicht weiter. Um die lokale Wirtschaft zu fördern, kaufe ich dem Kleinen eine Packung Pall Mall ab, auch wenn ich nicht rauche. Waldemar gibt mir mit seiner behandschuhten Hand Feuer, danach entschuldigt er sich und gesellt sich wieder zu seinen Leuten, die sich um den Wal tummeln. Der Junge hebt zum Dank kurz seinen Hut. Ich winke ihm mit einer Zigarette zwischen den Fingern zu und sehe ihm nach. Pfeifend läuft er am Strand entlang, weicht der riesigen Walflosse durch das Wasser aus, als wäre nichts, als wäre dieses Ungeheuer schon immer da gewesen.

Irgendwann ist er nur mehr ein kleiner Punkt am Horizont und ich ganz allein in diesem fauligen Gestank, der mir in die Nase kriecht. Ich atme einen Moment lang durch den Mund, dann rette ich mich zu einer kleinen, etwa hundert Meter entfernten Düne.

Ich lasse mich am Fuß einer Kokospalme nieder und nehme einen langen Zug von meiner Zigarette. Aus mangelnder Gewohnheit muss ich husten. Doch als der Rauch meine Lungen erreicht, werde ich ganz nostalgisch. Ich forme Ringe, die in der Luft tanzen, die Spiralen bilden und mich an mein erstes Treffen mit Judith erinnern.

Kaum zu glauben, dass wir uns auf einer Beerdigung begegnet sind.

Beim Leichenschmaus wollte es der Zufall, dass wir in der langen Schlange vor dem Tisch mit den Hors d'œuvres hintereinanderstanden. Wir wurden beide von der Platte mit dreieckigen Eiersandwiches angezogen, so dass sich unsere Finger leicht berührten. Wir sagten nichts, tauschten nur einen Blick und ein Lächeln. Erst als ich sah, wie sie nach draußen ging, um eine zu rauchen, folgte ich ihr und tat so, als wolle ich es ihr gleichtun.

»Ein Eiersandwich und eine Lüge!«, lautete Jujus lakonische Antwort, wenn sie auf Abendveranstaltungen gefragt wurde, wie es mit uns angefangen hat.

Eine Geschichte mit Höhen und Tiefen, wie bei jedem Paar.

Aber nichts, was nicht zu überwinden wäre.

Schließlich habe ich mir nicht einfach nur so über jeder Brustwarze ein »JU« tätowieren lassen. Haben wir nicht einfach nur so geheiratet, nicht einfach nur so ein Kind gezeugt, nicht einfach nur so ein Haus und eine Hypothek geteilt und sind nicht einfach nur so zwölf Jahre zusammen. Wenn nicht aus Liebe wie Beton …

Der ganze Qualm, den ich auspuste, scheint auch den Nebel in meinem Kopf zu lichten, hebt den Schleier über der Lüge, die ich mir erzähle. Ich verfolge unsere Geschichte zurück, versuche den Moment zu finden, an dem Juju und ich falsch abgebogen sind.

Das alles, während ich auf diesen vergammelten Wal starre.

Allem Anschein zum Trotz werde ich eine richtig gute Urlaubsstory erzählen können, wenn ich wieder zur Arbeit gehe.

Aus dem Augenwinkel sehe ich den leeren Panzer einer Krabbe neben mir im Sand liegen. Ich benutze ihn als Aschenbecher, drücke meine Kippe aus und stehe auf.

Als ich die Zimmertür öffne, ist Judith unter der Dusche. Ava liegt schlaff im Tal der beiden Betten auf dem Boden und *etchasketcht* gerade das Stillleben eines Handtuchschwans.

»Als meine Eltern mit mir in den Urlaub fuhren, zwang mich mein Vater, auf den Hotelbetten zu springen. Was meinst du, Würmchen? Willst du's mal versuchen? Das wird dir guttun.«

»Nein danke«, murmelt sie, ohne von ihrer Zaubertafel hochzusehen.

»Spielverderberin«, seufze ich und lasse mich auf das Fußende eines der Betten fallen.

Ich richte die Fernbedienung auf den Flachbildschirm an der Wand, der auf magische Art angeht. Um mehr über den gestrandeten Wal zu erfahren, suche ich nach lokalen Sendern. Ich zappe mich durch *SpongeBob Schwammkopf* auf Spanisch, eine Verkaufssendung, in der eine Fake-Blondine einen Crosstrainer anpreist, einen Lava spuckenden Vulkan und einen Rockstar, der sich von der Bühne ins Publikum fallen lässt.

Ich schalte den Fernseher ab, bevor er vom Publikum aufgefangen wird, oder auch nicht.

Ava hebt den Kopf, löst sich von ihrem Etch A Sketch, atmet tief ein und stellt fest: »Papa, es stinkt.«

Im selben Augenblick kommt Judith, eingehüllt in ein Handtuch und eine Dampfwolke, aus dem Bad. Sie wirft ihren Kopf nach vorne, so dass ihre nassen Haare einen Vorhang bilden. Der fruchtige Shampooduft währt nur kurz und wird sofort von einem anderen, ekelerregenden Geruch überdeckt. Judith wickelt sich ein weiteres Handtuch turbanartig um den Kopf, richtet sich wieder auf und schnüffelt wie ein Spürhund in der Luft.

Verwirrt fragt sie: »Was stinkt denn hier so?«

Um unsere Tochter nicht zu beunruhigen, führe ich meine Frau am Arm zum Flur.

»Avi, Mama und Papa müssen kurz miteinander reden. Wie wär's, wenn du dir *SpongeBob Schwammkopf* ansiehst?«

»Nein, danke. *SpongeBob Schwammkopf* ist was für Babys.«

»Ach was! Er ist für alle, die einen sprechenden Schwamm mit Biberzähnen zu schätzen wissen.«

Ich lächle ihr steif zu, dann schließe ich die Tür und drehe mich zu meiner Frau.

»Woher kommt dieser Geruch, Hugo!?«, herrscht sie mich an.

»*Sch!*«, zische ich und deute mit dem Kinn auf die Tür, hinter der Ava ist.

»Woher kommt dieser Geruch, Hugo?«, flüstert sie nun. »Es ist, als wäre da drinnen ein Tier gestorben. Und wo warst du überhaupt heute früh?«

»Es ist ein Wal«, flüstere ich.

»Ein *was*?«

»Ein Wal. Am Strand. Ich habe ihn gesehen. Scheinbar ist er explodiert, weil er von innen verwest ist. Irgendwas mit zu viel Gas. Eine Art verheerender Furz. *Bumm*!«

Zur Untermalung ahme ich Waldemars Gebärde nach.

»Das ist ja widerlich«, sagt sie und hält sich den Handrücken gegen die Nase.

»Wir können Ava nicht die Wahrheit sagen. So sensibel wie sie ist, wird sie das traumatisieren.«

»Ein super Start in den Urlaub … Was sagen wir ihr dann?«

»Ich weiß es nicht.«

»…«

»Ich weiß. Wir sagen ihr, das sind die Kokospalmen. Die Kokospalmen stinken. Wie diese seltene Pflanze aus der Doku über Indonesien. Die, die nach vergammeltem Fleisch riecht, erinnerst du dich?«

»Das ist das Dümmste, was je aus deinem Mund gekommen ist. Sie weiß ja wohl, dass Kokospalmen nicht riechen, Hugo.«

»Was ist mit Palmen?«

»Palmen und Kokospalmen sind dasselbe! Es ist ein und derselbe Baum!«

Ich deute wieder mit dem Kinn zur Tür, damit sie leiser spricht, und brumme: »Da bin ich mir nicht so sicher, das google ich später.«

Judith seufzt verzweifelt. Dann fängt sie an, sich die Haare trocken zu rubbeln und sagt: »Wir brauchen etwas Kurzweiliges. Ein Geruch, der kommt und geht, so wie …«

»Ich hab's. Wir sagen, das Hotel hat einen Komposthaufen, der manchmal etwas … unangenehm riecht.«

»Je nach Wind!«

»Je … nach … Wind.«

»Das ist perfekt!«

Judith umfasst kurz mein Gesicht und eilt zurück ins Zimmer.

Ich bleibe noch einen Moment im Flur stehen und reibe mir sanft die Wangen. Ihre Geste, mag sie auch noch so flüchtig gewesen sein, hat mich aufgewühlt. Ich weiß nicht, wann mich meine Frau das letzte Mal auf diese Weise berührt hat, ganz spontan und von sich aus. Wie erbärmlich, dass mich das dermaßen aus der Fassung bringt. Und wenn etwas Hoffnung darin lag? Der Beweis, dass sich unsere Körper doch noch etwas zu sagen haben? Dass unsere Liebe noch nicht ganz verloren ist? Dass tief in unseren versiegten Herzen noch immer Funken von Zärtlichkeit existieren?

Als uns der Zollbeamte am Flughafen nach dem Grund unseres Aufenthalts in seinem Land gefragt hat, hätte ich fast die Wahrheit gesagt: »Um unsere Liebe wieder zu entfachen, werter Herr. Aber ich versichere Ihnen, wir führen keine brennbaren Substanzen mit uns. Weder in unserem Gepäck noch in unseren Herzen.«

Die Flamme wieder aufleben lassen. Unsere Beziehung retten. Oder, wie unsere Paartherapeutin sagen würde, »uns wieder finden«. Einander wieder finden wie ein Osterei im Busch, die Fernbedienung unter dem Sofa oder die Brille auf dem Kopf. Aber wo zum Teufel versteckt sich meine Frau nur in diesem tropischen Cluburlaub? Hinter der Bar? Einem Kaktus? Einer Tiki-Fackel? Oder vielleicht auf dem Grund des Swimmingpools, wo ihre Haare wie Algen in der Strömung tanzen und sie mit aufgeblähten Backen den Atem anhält, mit diesem schelmischen Gesichtsausdruck, den sie trägt, seit dieses Versteckspiel, aus dem unsere Beziehung nun besteht, begonnen hat.

Mal sehen, ob sie sich da versteckt.

»Wollen wir an den Pool gehen?«

Ava nickt – Judith zuckt mit den Schultern.

Während sie ihre Badeanzüge anziehen, gehe ich nach draußen und kundschafte die Gegend aus. Ich möchte sichergehen, dass die Walreste entfernt wurden. Eine Hotelangestellte unterdrückt ihren Ekel, als sie mit Gummihandschuhen ein Stück Haut aufsammelt und in eine schwarze Mülltüte wirft. Einer ihrer Kollegen fischt mit einem großen Kescher Fettstücke aus dem Pool.

Zum Glück sieht das meine Familie nicht.

Doch als ich nach fünf Minuten wieder ins Zimmer

komme, steht Ava auf dem Balkon. An ihren Fingern hängen glibberige Fäden.

Kichernd hält sie mir ihre klebrigen Hände hin und sagt: »Papa, sieh mal, was ich gefunden habe. Das ist wie Wackelpudding.«

»Na, so was! Bestimmt nur Möwenspucke. Wir waschen uns jetzt die Hände und dann geht's an den Pool!«

Mit diversem Palmen-, Masken- und Schnorchelzeug und auch einem Einhornschwimmring steuern wir die Poollandschaft des Hotels an. Insgesamt stehen drei große Becken zur Auswahl: Ich wähle das, in dem keine Stücke des Meeressäugers gelandet sind.

Ava und ich springen ins Wasser und rutschen auf einem Elefantenrüssel aus blauem Kunststoff hinunter. Judith entscheidet sich lieber für eine der Sonnenliegen und macht es sich mit einem Roman vom Flughafen – einem Krimi, glaube ich – gemütlich. Ich winke sie zu uns. Doch sie hebt nur kurz ihre Sonnenbrille, lächelt verhalten und sagt: »Vielleicht später.«

Dann widmet sie sich wieder ihrem Buch.

Schade, am Pool werde ich meine Frau wohl nicht finden.

JUDITH

Ich kann mich nicht auf den Liebesroman konzentrieren.

Ich lese denselben Abschnitt schon zum tausendsten Mal, nicht wegen seiner einnehmenden Sprache, sondern wegen des Lichts, das die Struktur des Papiers zum Vorschein bringt. Ich schlage das Buch resigniert zu, stülpe mir einen großen Strohhut über und geselle mich zu meinem Mann und meiner Tochter in den Pool. Ich gehe schnell bis zur Taille hinein, unsicher, wie mein Hintern in dem neuen Badeanzug aussieht, den ich mit vorgetäuschter Lässigkeit zurechtrücke.

Hugo und Ava liefern sich einen Kampf mit riesigen Poolnudeln. Sie schlagen aufeinander ein und kreischen dabei so hysterisch wie ansteckend: ein spaßiges, wildes Duell. Ich stürze mich in das Handgemenge, reiße meinem Mann die Nudel aus der Hand und prügle nach Herzenslust auf ihn ein. Die Prinzessin zieht dem Kasperle mit ihrem Knüppel eins über. Es tut gut, so auf ihn einzuschlagen. Ein wunderbares Ventil.

Nach einiger Zeit lasse ich die beiden wieder miteinander spielen und schwimme zur Poolbar. Ich bestelle mir einen Mint Julep, den der Barkeeper in einem Bambusbecher mit einem Schirm aus recyceltem Seidenpapier und einem kompostierbaren Trinkhalm serviert – Details, die mein umweltbewusstes Ich zu schätzen weiß. Ich kann meinen Cocktail trotzdem nicht genießen, da mir von dem verrottenden Wal übel wird. Ohne groß nachzudenken, fische ich die Minzstängel aus dem Becher und stecke sie mir gegen den Gestank in die Nase.

Ein Angestellter, der in der Nähe des Pools herumläuft, beobachtet mich dabei und kann sich das Lachen nur schwer verkneifen. Er kommt auf mich zu, geht am Beckenrand in die Hocke und öffnet seine Bauchtasche. Nach kurzem Kramen holt er schließlich eine in Plastik verpackte Nasenklammer heraus. Er reißt die Verpackung mit den Zähnen auf und klemmt mir den Gummiclip sanft, aber ungefragt auf die Nase. Dieses Eindringen in meine Intimsphäre überrumpelt mich. Ein Teil von mir möchte ihn dafür zurückweisen, ein anderer findet seltsamerweise Gefallen daran. Ich lasse es zu und erröte bis zu den Ohren.

»Voilà, *Señora*«, sagt er zufrieden. »Heute Morgen haben sich mehrere Gäste über einen schlechten Geruch beschwert. Deshalb verteilen wir jetzt Nasenklammern.«

Ich krame ein paar Brocken Schulspanisch hervor und antworte: »*Gracias … muy amable.*«

»Bon, stets zu Ihren Diensten«, sagt er und zeigt dabei auf die drei Buchstaben auf dem Namensschild an seiner Uniform, einer Art weißen Tunika mit tunesischem Kragen.

»Bon?«

»Wie in Jon *Bon* Jovi«, sagt er lächelnd. »Der Name steht tatsächlich in meinem Taufschein. Mein Vater war in den Achtzigern ein riesengroßer Fan.«

Bon hat ein Pferdegesicht und abstehende Ohren, aber auch wunderschöne blaugrüne, leuchtende Augen. Er versprüht einen unwiderstehlichen Charme, eine Anziehungskraft, die ihm bestimmt jede Menge Trinkgeld verschafft. Vor allem bei den *Gästinnen.*

Seine genaue Berufsbezeichnung ist mir nicht klar, aber er gehört zu einer ganzen Brigade von Angestellten in derselben Uniform. Wenn ich es richtig verstanden habe, besteht ihr Job darin, das Hotel abzulaufen und dabei den Gästen all ihre Wünsche zu erfüllen. Hier eine Nasenklammer oder eine Restaurantreservierung, dort ein geknotetes Luftballontier für ein Kind. Sie erweisen Tausende Gefälligkeiten und lassen jeden einzelnen der fünf Hotelsterne erstrahlen.

Bevor Bon wieder aufsteht, fragt er mich: »Haben Sie auch einen Vornamen?«

»Ja«, antworte ich mit einem Lächeln. »Judith. Aber meistens werde ich Juju genannt.«

»Yuyu?«

»Ja, Juju.«

»Sehr erfreut, Yuyu«, sagt er und verabschiedet sich mit einem ebenso komischen wie rührenden Handkuss. »Ich muss los. Ich wünsche dir einen schönen Aufenthalt. Atme aber lieber durch den Mund. Dieser Gestank wird früher oder später verschwinden. Und wenn du irgendetwas brauchst, dann frag einfach nach uns.«

Bon sucht die Umgebung ab, wie um sich zu vergewissern, dass niemand hört, was er gleich sagen wird. Dann beugt er sich zu mir und flüstert: »Urlaub ist zum Abschalten und zum Runterkommen da. *Vor allem* für Mütter. Wenn du dabei etwas Unterstützung brauchst, sagen wir angesichts gewisser … ›psychoaktiver Substanzen‹ … wäre es mir eine Freude, dich mit dem Nötigen zu versorgen.«

Bei dem Wort »Freude« legt er sich die Hand aufs Herz und sieht mich dabei so aufrichtig an, dass ich laut auflachen muss.

»Danke, Bon! Ich lasse es dich wissen«, antworte ich amüsiert bei dem Gedanken, dass sich dieser Angestellte mir während meines Cluburlaubs als *Dealer* anbietet.

»*Yeah*, Yuyu!«

Bon hebt die Hand und wartet auf ein High Five, in das ich schlaff einschlage. Dann richtet er sich wieder auf, geht ein paar Schritte, dreht sich noch einmal um und sagt: »*¡Ciao ciao, bacalao!*«

»Bis später, Bon wie in Jon Bon.«

Ich ziehe einen Schluck Julep durch den Papphalm, dann hüpfe ich, den Cocktail in meiner Hand balancierend, zur Leiter. Ich steige aus dem Wasser und gehe zu meinem Liegestuhl zurück.

Als ich mich umsehe, entdecke ich in der Nähe die Stewardess aus dem Flieger, eine überaus elegante Frau, der die Nasenklammer, die sie gerade zuvorkommend von Bon erhalten hat, keinen Abbruch tut. Ihre Uniform hat sie gegen einen ockerfarbenen Einteiler mit Pünktchen und tiefem Ausschnitt getauscht. Sie sieht darin einfach großartig aus. Sie strahlt und wirkt keineswegs wie Ende 50, auf die ich sie schätze. Ich bewundere ihre langen, schlanken Beine, die anders als bei mir keine Spur von Cellulite zeigen. Ich bewundere auch, wie selbstbewusst sie ihren Bob mit dieser petrolblauen Strähne trägt. Ich beneide sie um ihre vollen Lippen und um ihre glatte, schimmernde Haut. Aber als sie nach ihrem Cocktail auf dem Boden greift, bemerke ich auf ihren Schultern entsetzliche Narben – einige davon sind noch ganz frisch.

Ich tue so, als hätte ich sie nicht gesehen und schaue schnell zu Ava hinüber, die mit ihrer Schwimmweste im Wasser planscht. Der Stewardess rufe ich scherzhaft zu: »Ich versichere Ihnen, es ist nicht die aus dem Flugzeug!«

Die Frau dreht sich zu mir, hebt ihre Sonnenbrille hoch und antwortet mit einem Lächeln: »Selbst wenn, ist mir egal. Ich bin im Urlaub.«

Wir erheben unsere Cocktails und prosten einander zu.

Und brechen wegen unseres lächerlichen Aussehens in schallendes Gelächter aus: Sie mit ihrer Nasenklammer und ich mit meiner.

AVA

Einzelkind zu sein ist echt blöd.

Vor allem, wenn die »kurzen Siestas« deiner Eltern den ganzen Nachmittag dauern. Papa macht sein Nickerchen auf dem Sofa; Mama schläft im Bett. Sie hat ihre Seidenschlafmaske mit den aufgedruckten weit aufgerissenen Augen und den langen Wimpern auf. Mama findet sie lustig – mir macht sie Angst.

Ich habe keine Lust mehr, im Zimmer herumzulaufen und beschließe, rauszugehen. Ich nehme mir die Zimmerkarte vom Wohnzimmertisch und achte darauf, Papa nicht zu wecken. Ich stecke mein Etch A Sketch in meinen Rucksack, dazu eine Packung Oreo-Kekse und eine grüne Flasche mit irgendeinem kohlensäurehaltigen Getränk, »Dos Equis«, aus der Minibar. Dann schleiche ich mich auf Zehenspitzen hinaus und mache ganz leise die Tür zu.

Als ich mit Papa vorhin im Pool gespielt habe, habe ich so komische kleine Tiere in den Bäumen und an einem Mülleimer gesehen.

»Das, mein Spatz, sind Nasenbären«, hat er mir erklärt. »Sie sind so etwas wie Waschbären, nur mit einer längeren Schnauze. Siehst du? Die sind süß, oder? Zumindest aus der Ferne … Sie tragen Tollwut und jede Menge anderes widerliches Zeug mit sich herum.«

Papa planschte ein bisschen im Wasser und flüsterte mir dann ins Ohr: »Als du noch ein Baby warst, kletterte jeden Abend eine Waschbärenfamilie aufs Dach, um dich durch das Fenster beim Schlafen zu beobachten.«

Keine Ahnung, ob das wahr ist oder nicht, aber ich wollte es gerne glauben. Ich lächelte ihm zuliebe, danach legte ich mich auf den Rücken und ließ mich treiben, um den langen weißen Streifen eines Flugzeugs am schlumpfblauen Himmel zu bewundern.

Auf dem Flur setze ich meinen Rucksack auf und gehe zu den Treppen, ich nehme zwei Stufen auf einmal. An dem Pool, in dem wir am Nachmittag gespielt haben, laufe ich vorbei. An der Wasserbar reden ein paar Erwachsene miteinander. An der Tiki-Bar unter dem Strohdach quatschen andere. Als könnten Erwachsene in diesem Hotel keine sechs Schritte gehen, ohne sich ein Bier oder eine Margarita zu holen. Alkohol, der Treibstoff der Großen.

Ich laufe unter einem Volleyball hindurch, den sich zwei Frauen im Bikini zuspielen, und komme an einen Zaun, der den Pool von einer dichten grünen Mangrove trennt. In diesem Wald gibt es bestimmt viele Nasenbären. Ich steige heimlich über den Zaun und sehe sofort einen von ihnen – dick und pelzig. Er sitzt fröhlich auf einem Ast und vertilgt in aller Ruhe seine Beute aus dem Hotel: ein Stück Pizza.

Ich klettere langsam den Baum hinauf, um den Nasenbären nicht zu erschrecken. Als ich auf seiner Höhe bin, hebt er seine mit Tomatensauce verschmierte Schnauze, schnüffelt kurz in der Luft und wendet sich dann wieder seinem Essen zu.

Ich setze mich auf seinen Ast, lehne mich gegen den Baumstamm, hole mein Etch A Sketch heraus und beginne, ihn zu zeichnen. Sein gestreifter Schwanz kommt durch die Linien meiner Zaubertafel besonders gut hervor.

Sobald er das Stück Pizza verputzt hat, klettert er in null Komma nichts den Baum hinunter. Ich stecke das unfertige Bild in den Rucksack und folge ihm. Aber er läuft wie der Blitz durch den Wald, so dass ich ihn schnell aus den Augen verliere.

Bestimmt gibt es in der Mangrove noch andere wie ihn, die ich malen könnte. Nur zeigt sich gerade keiner.

Traurig hole ich die grüne Flasche mit den zwei roten »X« aus meinem Rucksack. Ich drehe den Deckel ab und nehme einen großen Schluck. *Bäh!* Es ist so bitter, dass ich das Gesicht verziehen muss und die Flasche auf dem sandigen Boden auskippe.

Wegen der verschlungenen Bäume komme ich nur langsam voran, quetsche mich durch sie hindurch, stolpere über eine Wurzel und falle auf mein Gesicht. Als ich den Kopf hebe, erscheint etwas Komisches vor mir: ein riesiger Turm aus Erde und hartem Sand, auf dem sich Hunderte von Ameisen tummeln. *Weiße* Ameisen? Termiten. Ich kenne Termiten. Wir hatten letzten Sommer welche auf dem Dachboden. Papa und ich haben Fallen aufgestellt.

Ich gehe auf den wimmelnden Termitenhügel zu. Ohne zu wissen warum, stecke ich den Hals der Dos

Equis-Flasche in eine der Öffnungen, so dass die Bewohner in das kleine grüne Glassolarium laufen. Im Nu ist fast die ganze Kolonie in der Flasche. Ich schraube schnell den Deckel zu, furchtbar stolz auf meine Ernte.

Neben den Vögeln über mir höre ich jetzt auch kleine Wellen vom Strand in der Nähe. Zwischen den Bäumen erkenne ich in etwa hundert Metern das Meer. Es ist, als würden Tausende von Pailletten darin funkeln. Die Sonne geht schon unter.

Meine Eltern, die inzwischen bestimmt wieder wach sind, werden mit mir schimpfen.

Ich verlasse die Mangrove und bin am Strand. Die Sonne versinkt langsam im orangefarbenen Meer.

Es ist wohl eher eine Sonnenfinsternis, denn die glühende Kugel ist zur Hälfte von einem Berg verdeckt: einem gestrandeten Wal.

Sofort habe ich einen schrecklichen Geruch in der Nase.

Das ist es also. Papa hat mich belogen … Ich dachte mir schon, dass Kompost nicht so stinkt. Ich ziehe mir mein T-Shirt über die Nase und gehe vorsichtig auf den riesigen Walkadaver zu. Überall im Sand stecken Holzstangen mit einem gelben Band daran. Sie sperren einen großen Bereich ab, ein Niemandsland, das von unserem Hotel bis zum Nachbarhotel reicht. Ein paar Schaulustige stehen dahinter und bewundern das seltsame Wrack. Niemand im Niemandsland, wie es sich gehört. Nur ein Mann von der Security, der mit zugeklammerter Nase und aufgekrempelter Hose im Wasser steht.

Er dreht mir den Rücken zu. Das nutze ich und schleiche mich näher an das verwesende Tier heran.

Ich gerate in eine schwarze Wolke summender Fliegen, die ganz aus dem Häuschen sind, so ein großes Festmahl gefunden zu haben. Mit einer Hand verscheuche ich sie, angezogen von der gummiartigen Haut des Wals, den vielen hellgrauen Seepocken und den winzigen Krustentieren überall auf seinem Körper. Er wirkt, als käme er aus einer anderen Welt. Ich gehe an diesem außerirdischen Wesen entlang, lasse meine Finger sachte darüber gleiten. Sein riesiges, halboffenes Auge ist von dicken Fettringen umgeben – traurig und glasig sieht es mich an.

Ich habe Mitleid mit dem Tier, lege meine Hände auf sein gigantisches Lid und schiebe es nach unten.

Was wohl seine letzten Gedanken waren? Vielleicht war es etwas Blödes wie »Mist, wie schwimme ich rückwärts?« oder »Ich habe Durst.« oder »Die anderen fragen sich bestimmt, wo ich bin …«

Als ich an der anderen Seite ankomme, entdecke ich ein großes Loch. Fast wie der Eingang zu einer Höhle. Ich bücke mich und gehe hinein. Als sich meine Augen an die Dunkelheit gewöhnt haben, bin ich sprachlos: Unter dem Dach aus gebogenen Rippen hängt ein riesiges Herz. Es sieht aus wie der Kronleuchter in der Kathedrale, der auf dem Hochzeitsfoto meiner Eltern, das ich mir tausend Mal angeschaut habe, so hell leuchtet.

Ich setze mich auf den klebrigen Boden, zücke mein Etch A Sketch und beginne, das Herz in all seinen Details zu malen. Ich drehe die weißen Knöpfe sorgfältig hin und her, bilde jede Arterie und jede Vene ab. Die gigantische Aorta sieht wie die Röhrenrutsche auf dem Spielplatz bei uns in der Nähe aus. Ich male schnell und genau – die Ecke mit dem Nasenbären spare ich natürlich aus.

Ich bin beim Zeichnen so konzentriert, dass ich nicht reagiere, als das Organ leicht zu schlagen beginnt. Ein Mal, noch einmal und dann nichts mehr – nur mehr das betäubende Echo, das sich mit dem Summen der Fliegen vermischt und von den ranzigen Wänden dieser Höhle widerhallt.

Das ist nur in meinem Kopf, beruhige ich mich und spüre, wie mein eigenes Herz rast.

Als ich gerade die linke Herzkammer fertigstelle, höre ich plötzlich von draußen ein aufgeregtes Stimmenwirrwarr. Es kommt immer näher, also stehe ich auf und stecke meinen Kopf heraus, um zu sehen, was es damit auf sich hat. Meine Beine geben nach. Ich falle meinen fuchsteufelswilden Eltern vor die Füße. Der Mann von der Security, der vorhin noch durchs Wasser gewatet ist, begleitet sie.

Mein Vater ist außer sich und reißt mich ruckartig aus dem Wal, so dass die Dos Equis-Flasche in meinem Rucksack umkippt und aufspringt. Die darin Gefangenen nutzen die Gelegenheit und fliehen. Ich stelle mir vor, wie tausend kleine Stimmchen »Freeeeeeiheit!« rufen.

Die Miniaturflucht interessiert Papa nicht.

Seine Augen sind wie Laser auf mich gerichtet und er brüllt, bis ihm die Stimme versagt: »Wir suchen dich schon über eine Stunde! Wir dachten, du wärst entführt worden!«

Die Vene auf seiner Stirn explodiert gleich. Völlig unerwartet legt er mich über sein Knie und tut etwas, das er nie zuvor getan hat: Er versohlt mir den Hintern.

»Was hast … [Schlag] … du nur … [Schlag] … in diesem …«

»Genug!«, schreit Mama.

»… *Wal*, ja!« [letzter Schlag]

Papa bricht keuchend im Sand zusammen.

Mama eilt zu mir, nimmt mich in den Arm und schimpft dabei auf Papa ein.

Ich empfinde so viel auf einmal, dass mir die Tränen kommen. Ich weiß nicht, ob das wegen meines brennenden Pos so ist oder weil der Bildschirm meines Etch A Sketch ganz sandig und leer wurde, nachdem es auf den Boden gefallen ist.

CÉLESTE

Aqua Zumba: Ich habe mich aus einer Laune heraus dafür angemeldet, ohne die geringste Ahnung, was es damit auf sich hat. Jetzt stehe ich bis zur Taille im Wasser des Pools und plansche zusammen mit einer Handvoll anderer sonntäglicher Aquazumbisten herum – hauptsächlich Mütter und Rentnerinnen, aber auch ein armer beleibter Herr in der letzten Reihe mit Tilley-Hut und mehr Haaren auf dem Rücken als Chewbacca.

Am Poolrand springt eine aufgedrehte Trainerin im Rhythmus des Reggaeton hin und her, der aus Lautsprechern in den Palmen dröhnt. Zeitversetzt ahmen wir ihre Bewegungen nach, schwingen unbeholfen die Hüften, winken mit den Armen wie Scheibenwischer durch die Luft. Das drollige Bild, das wir abgeben, wird durch die Nasenklammern, die die meisten von uns tragen, noch verstärkt. Ich könnte jetzt sagen, wir tragen sie wie Synchronschwimmerinnen, die sich die Nase klammern, um unter Wasser lächelnd sechsunddreißig Purzelbäume zu schlagen. Aber in Wahrheit versuchen wir nur, uns vor diesem bizarren Geruch in der Luft zu schützen.

Schon nach zehn Minuten läuft mir eine Mischung aus Schweiß und Sonnencreme ins Chlorwasser.

Für eine kurze Pause hüpfen wir zur Pooltreppe und trinken, was wir am Rand abgestellt haben: Wasser für die meisten, Margaritas und Mojitos für die, die ihre

Freigetränke bis auf den letzten Tropfen auskosten wollen.

Wen interessiert es, dass noch nicht einmal Mittag ist.

Nach dem Kurs wickle ich mir ein Handtuch um die Hüfte, schlüpfe in meine Flip-Flops und laufe geräuschvoll über die Fliesen.

Auf dem Weg zu meinem Zimmer komme ich an einem Platz vorbei, auf dem ein Falkner zur Unterhaltung der Gäste eine Eule vorführt. Der stämmige Mann trägt einen beigefarbenen Safarihut und einen Lederhandschuh. Ich schirme meine Augen mit der Hand ab und beobachte den Vogel, der mit ausgebreiteten Flügeln hoch oben am Himmel fliegt. Seine anmutigen Manöver haben etwas Göttliches. Wie gerne wäre ich an seiner Stelle – um mich dem Himmlischen nah zu fühlen, wenn auch nur für einen kurzen Augenblick …

Doch um ihm nah zu sein, habe ich meine eigene Methode.

Damit meine ich nicht das Fliegen in zwölftausend Metern Höhe. Meine Methode ist vielmehr irdisch. Fleischlich.

Auf meinem Zimmer lege ich Handtuch und Badesachen ab. Ich hole eine dünne Peitsche aus meinem Koffer, eine neunschwänzige Katze. Ich knie mich vor dem Bett nieder. Schließe die Augen. Dann wiederhole ich ein Gebet in einer toten Sprache und züchtige mich.

Die Vertrautheit jedes einzelnen Schlags genieße ich, die brennenden Zungen der ledernen Schnüre, die mir den Rücken lecken und zerfetzen. Eingelullt vom nebelhaften Latein, verfalle ich in Trance: *Confiteor Deo omnipotenti et vobis, fratres, quia peccavi nimis cogitatione, verbo, opere et omissione …*

Ich entziehe mich der Realität, gebe mich ganz und gar dem Ritual hin. Ich peitsche mich so stark, dass sich meine Schuld beinahe ablöst, ein Stück Schlangenhaut, das auf den Teppich fällt. Mein Ich zerbröckelt Schlag für Schlag und ich erreiche eine reinere, frohlockendere und unendlich größere Transzendenz als die der armen kleinen Sünderin, die ich bin. Kurz bevor ich ohnmächtig werde, erscheinen Lichtpunkte vor mir, eine funkelnde Galaxie. Fragmente des Göttlichen.

Um mich herum türmen sich Kumuluswolken auf – wie die fluffige Sahnehaube eines White Russian. Ich trage meine Stewardessuniform und serviere Snacks. Gerade will ich den Wagen weiterschieben, da bemerke ich, dass ich nicht im Gang der Kabine bin, sondern auf dem Flügel der Boeing. Ich schreie vor Schreck auf und lasse in meiner Panik den Wagen los, er rollt auf das Ende des Flügels zu und stürzt in die Tiefe. Servietten, Kräcker und Mini-Brezeln regnen auf die Erde nieder. Ich werfe mich bäuchlings auf den Flügel, versuche verzweifelt, mich irgendwo festzuhalten, streiche und kratze mit den Fingern über das kalte Metall. Ich spüre, wie ich rutsche. Mein hysterisches Kreischen verliert sich im Dröhnen der Triebwerke.

Als ich hochblicke, sehe ich in einem der Fenster ein Gesicht, das mich anstarrt.

Dieses faltige Gesicht verfolgt mich jetzt schon seit

zwei Jahren. Es gehört einer mickrigen alten Dame, deren stechend graublaue Augen mich stets im Blick haben. Sie klopft mit ihrem knochigen Zeigefinger gegen das Fenster. Erst langsam und gleichmäßig wie ein Metronom: *Klopf. Klopf. Klopf.* Dann immer schneller, so dass ein lähmendes Gefühl der Dringlichkeit entsteht. *Klopfklopfklopfklopf.* Ihre Augen werden immer größer, jetzt fängt sie an wie wild zu schreien, was vom Flugzeugrumpf gedämpft wird, und hämmert verzweifelt mit den Fäusten gegen das Fenster. *Klopf. Klopf. Klopf. Klopf. Klopf.*

Ich komme langsam und blinzelnd wieder zu mir.

Klopf. Klopf. Klopf. Klopf. Klopf. Es klopft an der Tür.

»*Room service!*«, sagt eine Frauenstimme im Flur.

Ich setze mich ruckartig auf und sehe zum Bettzeug – überall Blutflecken. Mist.

»Mo … Moment bitte«, stammle ich, reiße den Bezug und das Laken vom Bett und raffe beides zu einem Knäuel zusammen.

Mit schmerzendem Rücken torkle ich zur Tür. Ich bin noch immer nackt und öffne sie nur so weit, dass mein Kopf hindurchpasst. Vor mir steht ein zierliches Zimmermädchen, dessen freundliches Lächeln eine Zahnspange zeigt.

»Mir … ähm … das ist jetzt etwas peinlich, aber mir ist ein kleines Malheur passiert«, flüstere ich und reiche ihr das schmutzige Knäuel. »Würden Sie mir neues Bettzeug geben? Nur geben, Sie müssen das Bett nicht machen.«

»Wie Sie wünschen, *Señora*«, antwortet sie mit mitfühlendem Blick.

Sie reicht mir sauberes Bettzeug, ich bedeute ihr zu warten – so lange, bis ich aus meiner Handtasche ein paar Münzen gefischt habe. Ich fühle mich mit dieser Frau verbunden. Wir haben im Grunde denselben Job: Wir lassen die Sauerei anderer verschwinden – sie im Hotel, ich in der Luft.

Meine Kollegin nimmt das Trinkgeld mit einem Nicken entgegen.

»*Gracias, Señora.*«

Als ich die Tür schließe, höre ich, wie ihr Wagen bis zum Ende des Flurs rollt. Nicht so recht wissend, was ich machen soll, irre ich einen Moment lang im Zimmer umher, bis ich beschließe, auf den Balkon zu gehen. Die letzten Strahlen der Abenddämmerung tauchen den Horizont in Pfirsichfarben. Ich beobachte Sperlinge, die zu ihren Bäumen zurückfliegen, und Fledermäuse, die aufbrechen, um sich am nächtlichen Insektenbuffet zu bedienen. Über dem Strand hinter der Mangrove sind unzählige Möwen in der Luft, kreisen über einem Festmahl, das ich nicht erkennen kann.

Familien und Pärchen spazieren über den laternenumsäumten Weg, der zu den verschiedenen Restaurants auf dem Hotelgelände führt. Sie unterhalten sich und lachen, haben sich den Sand, das Salz und die Sonnencreme des Tages unter der Dusche von der Haut gespült. Dieser Wahn, sich Abend für Abend in Schale zu werfen, um essen zu gehen, ist schon seltsam – die Männer in Bermudashorts und Leinenhemden; die Frauen in Sommerkleidern mit sonnenverbrannten Schultern und schicken Sandalen, in denen die lackierten Zehennägel glänzen. Diese Prahlerei, dieses Gesehen-werden-Wollen.

Nur sind Nasenklammern und Stöpsel ziemliche Stilkiller.

Auf einmal kriege ich eine lauwarme Brise dieses abscheulichen Miefs in die Nase. Ich frage mich, was wohl so stinkt. Schnell kehre ich ins Zimmer zurück, schiebe die Balkontür zu und gehe ins Bad. Mein Magen knurrt. Ich sollte wohl auch bald essen gehen.

Als das Wasser in der Dusche über meine frischen Wunden an Schultern und Rücken rinnt, verziehe ich vor Schmerz das Gesicht. Rosafarbenes Wasser fließt spiralförmig den Abfluss hinunter. Ich trockne mich mit einem flauschig weichen Handtuch ab. Vor dem Spiegel versorge ich die Stellen vorsichtig mit Salbe. Ich spitze meine Lippen für den Lippenstift und trage etwas Lidschatten auf. Ich hülle mich in eine Wolke aus Parfum – aus dem Duty-free-Vorrat des Flugzeugs. Wegen des Gestanks fällt die Wolke etwas größer aus. Ein Mal *pscht*, zwei Mal *pscht*. Dann *pscht*, *pscht*, *pssschhht*.

Anschließend gehe ich zum Schrank und nehme eine Bluse vom Bügel. Als die Seide meine Wunden berührt, bedanken sie sich bei mir. Ich gestatte es mir aber nicht, mich allzu wohl zu fühlen – wegen meiner inneren Widersprüche. Bevor ich den Rock anziehe, lege ich mir noch einen Bußgürtel um, da die Zeit der Absolution noch nicht gekommen ist. Ich spreche einen Vers aus dem Römerbrief: »Denn wenn ihr nach dem Fleisch lebt, so werdet ihr sterben müssen; wenn ihr aber durch den Geist die Taten des Leibes tötet, so werdet ihr leben.« Ich schlüpfe in meine Pumps – extra eine halbe Nummer zu klein, um besser in den Spuren Jesu zu wandeln. Ich stecke die Schlüsselkarte in meine Handtasche und werfe einen letzten Blick in den Garderobenspiegel – perfekt, kein Lippenstift auf den Zähnen –, dann schließe ich hinter mir die Tür.

Dieses Hotel ist Hedonismus pur.

Vor allem in Sachen Kulinarik.

Im Angebot sind diverse Küchen für jeden Geschmack: von Restaurants mit japanischer Fusionsküche über indisches Essen bis hin zu Tex-Mex. Ganz zu schweigen von diesem weitläufigen Bereich – ohne Grenzen nach draußen und drinnen, über den die Meeresbrise bläst. Das offene Buffet, das dort den ganzen Tag über serviert wird, erneuert sich wie von Zauberhand. Das Werk unsichtbarer Feen.

Als neugierige Feinschmeckerin wähle ich ein Restaurant mit regionaler Küche.

Eine junge Hostess – die ebenfalls eine Nasenklammer trägt – begrüßt mich hinter einem Empfangsmöbel mit einem zahnlosen Lächeln.

»Guten Abend! Für wie viele?«

»Nur ich.«

»Warten Sie auf jemanden?«

»Einen zuvorkommenden Reiter auf einem weißen Ross.«

»Tiere sind in diesem Restaurant nicht erlaubt«, sagt sie ernst.

Sie ist ja nicht gerade die hellste Kerze auf der Torte.

»*¡Ay, qué pena!*«, erwidere ich seufzend. »Dann eben nur ich.«

Eine Loserin, die in ihrem Cluburlaub allein zu Abend isst.

Der mitleidige Blick der Hostess erinnert mich an den Blick, den die ernten, die beim Völkerball auf dem Pausenhof als Letzte gewählt werden.

»Na schön … wenn Sie mir dann folgen würden.«

Beim Slalom um die Tische komme ich an der Rothaarigen vorbei, mit der ich mich nachmittags am Pool unterhalten habe. Sie ist mit ihrer Familie da – ihrem Mann und ihrem Kind, diesem kleinen Spaßvogel, der sich im Flieger die Rettungsweste angelegt hat. Ich kann ihnen noch so sehr zulächeln, sie sehen mich nicht. Mit gerunzelter Stirn ermahnt die Mutter gerade ihre Tochter: »… wir haben uns doch nur Sorgen um dich gemacht, Ava. Wenn du willst, gehen wir morgen zusammen in den Wald, um diese Tiere zu sehen, diese … Wie heißen die noch mal …?«

»Nasenbären«, flüstert das Mädchen, ohne aufzusehen.

»Wir gucken uns zusammen die Nasenbären an …«

Mehr bekomme ich von ihrem Gespräch auf dem Weg in die hinterste Ecke des Restaurants nicht mit.

Die Hostess zündet die Kerze auf dem Tisch für mein Dinner an. Ihrem Gesichtsausdruck nach könnte es aber auch eine Grabkerze für mein Liebesleben sein.

Kurz darauf bringt mir ein schmächtiger Kellner das Menü und fragt, ob ich etwas trinken möchte.

»Ein Daiquiri. Doppelt Rum.«

Er nickt und geht zur Bar. Ich folge ihm mit den Augen, dann stockt mir der Atem, als ich in seiner Nähe einen schwachen, schillernden Schein sehe. Aus meinem Mund kommt ein stummer Schrei: Der durchscheinende Geist der alten Dame aus dem Flugzeug – dieselbe, die in meinem nachmittäglichen Albtraum als Cameo erschienen ist – schwebt über einem Hocker. Sie umrundet ihn ganz langsam, Unheil verkündend, und behält mich dabei im Blick.

Seit ihrem Tod sind zwei Jahre vergangen. Zwei Jahre, in denen ich noch immer und überall, sogar an den unwahrscheinlichsten Orten, ihren Geist sehe.

Sie wird mich wohl bis ans Ende meiner Tage heimsuchen.

Im Restaurant steppt der Bär. Es wird geredet und gelacht. Mit Besteck geklappert und mit Gläsern angestoßen.

Nur an unserem Tisch herrscht eisige Stille.

Als hätten wir uns nach Avas kleinem Versteckspiel und der anschließenden Standpauke nichts mehr zu sagen. Juju und ich haben sie mächtig gescholten und sie dann unter die Dusche gestellt, um ihr eine halbe Ewigkeit das Walblut und die Eingeweide abzuschrubben. Als wir fertig waren, schnappte sie sich ihr Etch A Sketch und lief damit ins Schlafzimmer. Juju schloss die Tür, drehte sich zu mir und sagte, es sei un-ak-zep-ta-bel, unserem Kind den Hintern zu versohlen, *vor allem* in der Öffentlichkeit. Sie war knallrot vor Wut und erinnerte mich daran, dass das eine Bestrafung »aus den Fünfzigern« sei, dass ich lernen müsse, »meine Gefühle zu kontrollieren«. Doch am meisten verletzte mich, dass sie sagte, Ava verdiene einen »besseren Vater«. Ich entgegnete nichts, sah sie nur kalt an. Dann knallte ich die Tür hinter mir zu, stürmte auf den Balkon und steckte mir eine Pall Mall an. Mit jedem Zug wurde ich wieder etwas ruhiger.

Ich trinke mein Bier in großen Schlucken.

Ein paar Funken auf dem Eisblock unseres Schweigens.

Ava skizziert Salz- und Pfefferstreuer, wie immer auf

ihrem verflixten Etch A Sketch. Juju schiebt den Finger auf ihrem Handy hin und her. Ich bin noch immer sauer auf sie, trotzdem betrachte ich sie heimlich, während sie nach unten schaut. Sie sieht sogar mit der Nasenklammer gut aus. Das kupferfarbene Haar fällt ihr wie ein Wasserfall über die Schultern, die durch ihr atemberaubendes schwarzes Chiffonkleid in Szene gesetzt werden. Sie trägt lange Ohrringe aus Pfauenfedern. Als sie den Kopf hebt, sehe ich, dass sie Mascara aufgetragen hat. Mich beschleicht das Gefühl, dass sie sich nicht für mich zurechtgemacht hat. Ich könnte genauso gut unsichtbar sein. Sie schaut sich im Restaurant um, sieht durch mich hindurch. Es ist, als würde sie jemand anderen suchen, als wäre sie lieber woanders.

Wäre es nach meiner Frau gegangen, wären wir gar nicht hier. Seit einem Jahr lähmt sie die Öko-Angst. Etwas, das sich auf jeden Aspekt des Alltags auswirkt, den sie auf jede erdenkliche Art grüner gestalten möchte: Einkaufen in Unverpackt-Läden mit Einmachgläsern und wiederverwendbaren Beuteln; Kleidung am besten aus zweiter Hand, im schlimmsten Fall von Patagonia; Unterwäsche nur noch aus Biobaumwolle und für die Spülmaschine phosphatfreie Tabs; kompostierbare Holzkohlezahnbürsten; Fahrrad fahren auch im Winter; Seife aus eigener Produktion.

Alles, was das Gewissen erleichtert oder das Gefühl verleiht, den Weltuntergang abzuwenden.

Als ich die Idee für einen Urlaub im Süden geäußert habe, ist Juju an die Decke gegangen. Sie rechnete mir vor, dass unser CO_2-Fußabdruck für Hin- und Rückflug bei drei Tonnen läge, warf die Hände in die Luft und klagte: »Hugo, es gibt keinen Planet B!«

»Ganz genau! Ein Grund mehr, unseren Planeten A ein wenig zu genießen!«

»Nicht dein Ernst«, sagte sie noch, dann knallte sie die Wohnzimmertür zu.

Ein paar Tage später schlug sie vor, Urlaub in einer einsamen Jurte tief im Wald zu verbringen. Nur war Ava alles andere als begeistert von der Idee, im März mit Schneeschuhen durch den Matsch zu stapfen – also waren wir wieder bei Null.

Mein vorgeschlagener Cluburlaub in der Sonne bahnte sich langsam seinen Weg in Jujus Kopf, nachdem ich drei stichhaltige Argumente vorgebracht hatte:

1. Es würde uns als Paar »unglaublich gut« tun (wie es unsere Therapeutin ausdrücken würde);
2. Der Preis ist so unschlagbar (Peanuts!), dass wir noch eine CO_2-Kompensation drauflegen und ein Solarpanelprojekt in der Mongolei unterstützen können, um unseren ökologischen Fußabdruck zu reduzieren;
3. Die Trinkbecher an der Poolbar sind aus recyceltem Harz.

Juju war erst noch zögerlich und suchte nach Ausflüchten, aber am Ende hat sie kapituliert.

Und hier sind wir jetzt.

Die Gerichte, die uns der Kellner endlich gebracht hat, sind köstlich. Ich habe mich für das *Cochinita pibil* entschieden, ein Gericht aus Schweinefleisch. Juju und Ava haben sich vegetarische Enchiladas bestellt. Das Essen wirkt zwar gegen unseren Hunger, löst aber nicht unser Schweigen. Unsere Münder gehen auf, um die Gabeln in Empfang zu nehmen, bringen aber kein einziges Wort heraus.

Ich schaue voller Bewunderung zum Nachbartisch, an dem ein reizendes Boomer-Pärchen sitzt. Die Zärtlichkeit, die sie verbindet, ist spürbar – so rein und triefend vor zuckersüßer Albernheit.

»Liebste, wie wäre es morgen mit Parasailing?«

»Na so was, mein Schatz, du überraschst mich immer wieder aufs Neue … Warum eigentlich nicht. Aber nur, wenn wir es zusammen machen, im Tandem. Sonst hätte ich zu viel Angst.«

»Mach dir keine Sorgen, Liebes, ich werde dich den gesamten Flug über in den Armen halten.«

Dann lehnt sich der Mann über den Tisch, legt seine Hände um das Gesicht seiner besorgten Frau und beginnt, sie zu küssen. Nicht gerade jugendfrei. Für meinen Geschmack mit etwas zu viel Zunge.

Ich halte einen Seufzer zurück, nehme einen Schluck Bier und einen weiteren Bissen. Wie ich dieses Paar beneide. Ihre gegenseitige Zuneigung rückt unser Liebesleid in ein gleißendes Licht. Unsere Beziehung, die keine mehr ist, hat sich in etwas Hässliches und Unkenntliches verwandelt. Inzwischen streiten wir uns nur noch oder ignorieren uns. Und gehen kaum noch aufeinander zu oder berühren uns – das heute Morgen, als Judith mein Gesicht in ihre Hände nahm, war wie ein Wunder. Ein kurzer Lichtblick in einem sonst so düsteren und wolkenverhangenen Alltag. Arme Ava, die das alles über sich ergehen lassen muss. Es wundert mich nicht, dass sie sich in ihre Tafel flüchtet. Immerhin kann sie darauf eine glückliche Familie zaubern …

Ich räuspere mich und frage: »Also, meine Damen, was steht morgen auf dem Programm? Tagsüber die Pyramiden und abends Karaoke?«

Juju antwortet: »Ich möchte eigentlich nur am Pool vor mich hinvegetieren. Und wenn's sein muss vielleicht noch kurz schnorcheln gehen.«

»Und du, Motte?«

»Ich will malen.«

»Ich hätte diese blöde Reise allein machen sollen«, meckere ich leise.

Nach der Essenstortur verlassen wir das Restaurant und laufen durch die Arkaden, wo die Meeresbrise weht. Plötzlich fliegt eine Fledermaus durch einen der Bögen und flattert uns um die Köpfe – als wolle sie uns etwas sagen. Ihr chaotisches Hin und Her erschreckt Ava, die sich an mein Bein klammert.

»Keine Angst! Fledermäuse haben so etwas wie ein inneres Sonar, mit dem sie Menschen erkennen und ihnen ausweichen.«

Kaum gesagt, schon landet sie in den Locken einer uns entgegenkommenden Touristin. Die Frau beginnt panisch zu schreien, reißt das Tier aus ihren Haaren und schmettert es gegen eine Säule. Die Fledermaus landet auf dem Boden, schüttelt kurz ihr angeschlagenes Köpfchen und verschwindet dann, als wäre nichts passiert, in die Nacht.

Für die sichtlich erschrockene Ava ergänze ich: »Ihr Sonar funktioniert in neun von zehn Fällen.«

Juju rollt mit den Augen, legt ihren Arm um unsere Tochter und sagt monoton: »Komm, wir gehen aufs Zimmer.«

Während meine *Ladys* sich zurückziehen, beschließe ich, an den Strand zu gehen.

Auf dem langen Holzsteg durch die Mangrove entdecke ich Räuchergefäße, die einen berauschenden Duft nach Zitronengras verströmen. Allerdings nicht, um Fliegen zu verjagen, sondern um den Walgeruch zu überdecken.

Ich kann ihn von hier aus nicht sehen, aber ich erahne ihn gleich hinter den Tamarinden. Entlang der Küste leuchten die Hotels. Und am Horizont brennt das bernsteinfarbene Licht einer Ölplattform. Es hat etwas seltsam Schönes und Geheimnisvolles, wie ein schwebendes Ufo, das ein Bauer über seinem Feld entdeckt.

Ich schaue nach oben: Die Lichtverschmutzung hat die Sterne vom Himmel gelöscht.

Kurz vor dem Strand begegne ich einer Giraffe. Am Hals des Tiers befindet sich ein ovales Loch, in dem das engelsgleiche, hellmatte Gesicht einer alterslosen Frau steckt. Eine große Brille verbirgt ihre Kulleraugen, Haare kleben an ihrer schweißnassen Stirn. Die Giraffenfrau lehnt am Geländer des Stegs. Zwischen Zeige- und Mittelfinger – mit abgeblättertem schwarzem Nagellack – hält sie eine schlanke Zigarette, die sie sich gerade an den Mund führt. Als sie mich sieht, formt er ein sanftes Lächeln, ohne die Zigarette fallen zu lassen.

Ich erwidere es.

»Man trifft nicht jeden Tag eine Giraffe, die raucht.«

»Das dürfte Sie bei all den Kuriositäten, die dieses Hotel zu bieten hat, nicht überraschen.«

»Ich muss zugeben, nach der Sache mit dem explodierten Wal überrascht mich hier nichts mehr.«

Die Giraffe bläst den Rauch in die Nacht und lächelt erneut. Ich taste meine Taschen nach den Zigaretten ab, die ich dem Jungen am Strand abgekauft habe, aber dann erinnere ich mich, dass ich sie auf dem Zimmer gelassen habe. Ich frage sie, ob ich eine haben kann; sie hält mir eine Schachtel Virginia Slims hin, die sie aus ihrem Kostüm hervorgezaubert hat. Ich klemme mir die Zigarette zwischen die Lippen, die Giraffenfrau hält mir gekonnt ihr brennendes Feuerzeug hin, wobei sie die Flamme mit ihrer Hand vor dem warmen Wind schützt, der vom Strand herbeiweht. Ich bedanke mich mit einem Nicken.

»Was bringt eine Giraffe zum Rauchen?«, frage ich und puste dichten Qualm aus, der sich mit ihrem vermischt.

»Die Kinder anderer. Und dich, Gringo?«

»Der Gringo raucht nur im Urlaub.«

»*Claro*«, antwortet sie ironisch.

Wir kommen ins Gespräch. Ich erzähle ihr, dass ich zusammen mit Frau und Tochter Urlaub mache. Sie verrät mir, dass sie Animateurin im hoteleigenen Kinderclub namens KiddyLandia ist, und dass er das ganze Jahr rund um die Uhr geöffnet hat – sogar an Weihnachten, *insbesondere* an Weihnachten. Es sei ihre undankbare Aufgabe, die kleinen Rotznasen zu bespaßen, während Papa und Mama sich sonnen, eine Paarmassage genießen, Tennisstunden nehmen, sich in der Sauna necken oder anderen »erwachsenen« Dingen nachgehen. Sie berichtet, dass sie den ganzen Tag lang bastelt, Schnitzeljagden organisiert und Spiele wie *¿Qué hora es, Señor Lobo?* spielt. Dass sie jeden Abend, ohne Ausnahme, in einer Kurzaufführung unter freiem Himmel den Hanswurst mimt. Und das alles für einen Hungerlohn.

»Davon mal abgesehen habe ich Zugang zu einer ziemlich ausgefallenen Garderobe«, ergänzt sie und führt ihr Kostüm vor, indem sie sich einmal im Kreis dreht. »Je nach Aufführung ist es ein anderes. Heute Abend zum Beispiel bin ich Frau Giraffe und morgen, wer weiß, vielleicht Frau Kuh oder Frau Tintenfisch.«

»Das sind ziemlich viele Identitäten.«

Sie zuckt lächelnd die Schultern, zieht noch einmal an ihrer Zigarette und drückt sie dann am Geländer aus.

»Ich muss zurück zu meinen Kollegen, ihnen helfen, die Requisiten wegzuräumen. Unsere Wege kreuzen sich bestimmt wieder, Gringo.«

»Das fände ich schön«, erwidere ich, überrascht von meiner eigenen Aufrichtigkeit.

Sie wird rot, schiebt sich ihre Brille wieder hoch.

»Deine Tochter kann morgen gern zur Aufführung kommen.«

»Das ist nett, aber Aufführungen sind nicht so ihr Ding.«

»Pech für sie, sie verpasst ganz großes Theater!«, scherzt sie.

Wir verabschieden uns mit einem »*Hasta luego*«. Die Giraffe steuert das Hotel an. Wegen ihres Kostüms sind ihre Bewegungen etwas schwerfällig, und der falsche lange Hals schwingt über ihrem Kopf hin und her. Ich sehe ihr noch so lange nach, bis sie um die Ecke gebogen ist. Plötzlich ärgere ich mich, dass ich sie nicht nach ihrem Namen gefragt habe.

JUDITH

Morgenlicht scheint durch die Musselinvorhänge und weckt mich sanft.

Ich bleibe noch einen Moment lang liegen, beobachte den Schlafenden im Bett nebenan: meinen Mann. Aus seinem halb offenen Mund fließt Speichel. Er schnurrt wie ein Kätzchen, mit krauser Stirn, als verlange das Schnarchen seine ganze Konzentration. Ich stelle mir vor, wie er fröhlich durch die flauschigen Träume in seinem Kopf hüpft.

Ich betrachte sein rundes, von der tropischen Sonne gebräuntes Gesicht. Seinen Dreitagebart, der sein fliehendes Kinn rußig verdeckt. Sein wirres, grau meliertes Haar, das er aus Eitelkeit halblang trägt.

Ich finde ihn weder hübsch noch hässlich. Was das angeht, bin ich emotionslos.

Kaum zu glauben, wenn man bedenkt, wie verrückt ich damals nach ihm war.

Es war nicht Liebe auf den ersten Blick – das hätte sich angesichts der Beerdigung, an dessen Buffet wir uns begegnet sind, auch nicht geschickt. Mit seiner übertriebenen Gutmütigkeit und seinem dauergewellten Vokuhila konnte ich ihn nicht ernst nehmen. Meinen Freundinnen zufolge hätte ich ihn gleich erkennen müssen. Sie waren vom Stuhl gefallen, als sie erfuhren, dass der Typ, der mir Avancen gemacht hat, indem er mir Rohkost und Garnelenhäppchen auf den Teller legte, kein Geringerer war als ein Star des Eiskunstlaufs. Ein olympischer Bronzemedaillenträger.

»Mir doch egal, dass er einen Salchow oder einen Dreifachlutz stehen kann«, gähnte ich. »Kommt mal wieder runter: Es war ja nur Bronze … Viel wichtiger ist doch, dass er den Toilettendeckel runterklappt und seine Socken nicht überall herumliegen lässt. Wenn er dann auch noch kochen kann, ist das ein Pluspunkt.«

»So gelenkig wie er ist, ist er bestimmt auch gut im Bett«, warf meine Freundin Barbara ein.

Ich kann bestätigen, dass er unter der Decke mindestens genauso leistungsstark ist wie auf dem Eis. Vor der anhaltenden Durststrecke hatten wir dauernd Sex, überall und in allen denkbaren Positionen.

Er hatte mich mit seinem Charme und mit seinen schlechten, aber irre komischen Flachwitzen erobert. Und auch wenn er kein Adonis war, hatte er doch etwas an sich, das mir gefallen hat … Seine Lachgrübchen. Oder war es sein robuster, männlicher Nacken? Ich weiß es nicht mehr.

Sich zu entlieben kann rätselhaft sein.

Und doch konnte ich in einer unserer unzähligen Therapiesitzungen den Moment identifizieren, in dem aus dem Riss in unserer Beziehung ein ganzer San-Andreas-Spalt geworden ist. Den »Point of no Return«, wie unsere Therapeutin ihn nannte. Ein Schlüsselmoment, in dem alles gekippt ist – zumindest in meinen Augen.

Aber erst einmal genug davon.

Ich denke, ich werde am Strand joggen gehen. Den Kopf frei kriegen. Am Meer entlangzulaufen wird ein ziemlicher Kontrast sein – noch vor wenigen Tagen lief ich bei minus 26° Celsius auf einem zugeschneiten Gehweg. Ich jogge gern im Winter. Manchmal gehe ich extra raus, wenn es schneit, weil ich es mag, im wirren Treiben der Schneeflocken zu verschwinden.

Ich steige langsam aus dem Bett und schleiche auf Zehenspitzen, um Hugo und Ava nicht zu wecken, zu meinem ungeöffneten Koffer in der Ecke. Dass ich meine Sachen noch nicht ausgepackt und in den Schrank gehängt habe, spricht Bände darüber, wie egal mir diese Reise ist.

Dieser kitschige Urlaub in diesem kitschigen Hotel.

Als Erstes setze ich die Nasenklammer auf … Nicht zu fassen, dass es noch immer nach diesem armen, vor sich hinfaulenden Wal stinkt. Dann ziehe ich meinen Sport-BH, ein Tanktop und meine Shorts an. Ich schlüpfe in meine Espadrilles, steige aber gleich wieder aus ihnen heraus. Letztlich ist ein Strand fürs Barfußlaufen wie geschaffen.

Als meine Zehen den feinen, noch nachtkühlen Sand berühren, begrüßt mich ein perlrosafarbener Tagesanbruch. Die Mondsichel steht noch feierwütig am Himmel, als wäre sie zu erschöpft, um ins Bett zu gehen.

Ich rücke die Nasenklammer zurecht, stecke mir meine Kopfhörer in die Ohren und durchsuche die Musik auf meinem Handy. Mir ist nach einer Mischung aus Country und tropischen Klängen, also entscheide ich mich für *Islands in the Stream*, einen Klassiker aus den

Achtzigern von Kenny Rogers und Dolly Parton – ein unschlagbares Duo – und laufe los.

Ich jogge durch den Schaum der Wellen, genieße die Gischt an meinen Füßen. Doch nach nur zwanzig Metern stolpere ich fast über eine Plastikflasche. Und kurz darauf über noch eine. Dann über eine Zahnbürste. Eine Schuhsohle. Einen Löffel. Einen Tamponapplikator. Ein Feuerzeug. Den Deckel eines Trinkbechers, in dem noch der Strohhalm steckt. Ein Stück Styropor. Einen Toilettensitz. Eine formlose Masse aus Plastiktüten, die wie Quallen an Land gespült wurden.

Abrupt bleibe ich stehen, nehme mir perplex die Kopfhörer aus den Ohren.

Diese Müllflut verweilt nicht lange am Strand. Sie wird von einem Dutzend braungebrannter Männer mit Handschuhen und großen Netzen mechanisch aufgesammelt. Sobald die Netze voll sind, entleeren sie diese in einen Pick-up mit dem Hotellogo. Ihre Arbeit verrichten sie mit krummen Rücken, ähnlich den Frauen auf einem Gemälde, die bei der Ernte übersehene Körner von einem Feld auflesen. Ich habe das Bild im Pariser Musée d'Orsay gesehen, während unserer Flitterwochen, in einem anderen Leben. Die Müllsammler, die hastig den Müll abschöpfen, sprechen untereinander Spanisch. Mich verstört die Erkenntnis, dass sie gegen die Zeit ankämpfen – den Strand reinigen, bevor die ganzen Touristen kommen, die bestimmt gleich aufwachen. Für einen tadellosen Schein.

Sie beseitigen, was das Meer in der Nacht ausgespuckt hat.

Halten um jeden Preis die Illusion eines Paradieses aufrecht.

Als einer der Männer den Toilettensitz einsammelt, hält er ihn sich zum Spaß vor das Gesicht, als wäre er ein Flugzeugfenster. Das bringt die anderen zum Lachen und auch er lacht, als er den Sitz aus dem Handgelenk schlaff auf die Ladefläche des Pick-ups wirft.

Diese überhastete Reinigung macht mich fassungslos und ich beschließe, in die entgegengesetzte Richtung weiterzulaufen, zur anderen Seite der Bucht. Zum Wal. Um ihn zu sehen, kneife ich die Augen zusammen, aber – wie seltsam – er ist nicht mehr da. Vielleicht haben ihn die Männer über Nacht weggebracht. In kleinen, transportfähigen Stücken.

Ich laufe im Rhythmus von Kennys und Dollys mitreißenden Stimmen durch den festen, feuchten Sand. Meine Fußspuren spülen die Wellen gleich wieder weg. Dieser Strandabschnitt wirkt sauberer und ich kann ohne Unterbrechung joggen, wobei mir ab und zu etwas Sand und Salzwasser die Waden hochspritzt. Wegen der Nasenklammer atme ich durch den Mund – ein abgehacktes, animalisches, tiefes Ein und Aus.

»*Islands in the stream*
That is what we are
No one in between
How can we be wrong?«

Ein Atemzug, ein Laufschritt, ein Atemzug, ein Laufschritt, ein Laufschritt.

Wrong. So wrong. Ein Laufschritt, ein weiterer, Wut steigt auf, ein Laufschritt, ein weiterer, ein Atemzug, ein Laufschritt. Ich bin so wütend auf mich … Wie konnte ich nur so *dumm* sein? Das Chaos in meinem Kopf lichtet sich, verdichtet sich zu einem einzigen, kristallklaren Gedanken: Ich muss ihn verlassen. Ich spreche wie eine Zauberformel vor mich hin: »Ich werde Hugo verlassen. Ich werde Hugo verlassen …« Fast falle ich in eine Art meditative Trance, doch dann entdecke ich eine Gruppe Hotelangestellter. Sie stehen im Halbkreis und wirken verwundert. Einige kratzen sich am Nacken, andere schütteln leicht den Kopf. Es herrscht allgemeine Sprachlosigkeit.

Mir wird klar, dass sie genau an der Stelle stehen, an der bis gestern noch der Wal gelegen hat. Dieser vor sich hinfaulende Wal voller Fliegen, in den Ava geflohen war … Allein bei dem Gedanken daran wird mir schlecht. Als wir sie danach unter die Dusche gestellt haben, habe ich sie so energisch mit einem Stück Seife gewaschen, dass am Ende kaum noch etwas davon übrig war. Ich verstehe nicht, was meine Tochter dazu gebracht hat. Dass sie sich dem Walkadaver nähert, meinetwegen. Aber dann auch noch in ihn *hineinzugehen*? Das ist doch nicht normal. Wenn wir wieder zu Hause sind, werde ich mich nach einem Therapieplatz für sie umsehen. Ich mache mir Sorgen. Wahrscheinlich spürt sie die ganze Anspannung zwischen Hugo und mir, hochsensibel wie sie ist …

Ich werde langsamer, komme der Gruppe keuchend näher. Schließlich siegt meine Neugier: Ich möchte wissen, was mit dem Wal passiert ist. Als ich Bon unter den

Angestellten entdecke, fängt mein Herz an zu pochen. Er bemerkt mich, winkt und lächelt mir verführerisch zu.

In zwei großen Schritten steht er vor mir und fragt: »Yuyu, du *yoggst?*«

Ich nicke, muss erst noch etwas verschnaufen.

»Was … ist … mit dem Wal … passiert?«

»Gute Frage! Keine Ahnung. Gestern Abend war er noch da. Und heute Morgen … *puff*! Verschwunden.«

»Wie … *puff?*«

»Es ist ein Rätsel. Na ja, wir haben eine Theorie. Schau mal da.«

Er zeigt auf Termiten, die mit Walblut verschmiert durch den Sand krabbeln, einige davon in der Nähe einer Flasche Dos Equis. Bon hebt sie zwischen Daumen und Zeigefinger hoch, damit ich die Tierchen besser sehen kann.

»Insekten, die es in sich haben«, sagt er. »Sie fallen über alles her, verschlingen ganze Bäume und Häuser. Und allem Anschein nach auch Wale.«

»Sagst du mir gerade, dass die Termiten den Wal in einer Nacht aufgefressen haben?«

»Nicht gerade wahrscheinlich, aber durchaus möglich.«

»Aber … wo kommen die Termiten her?«

»Wer weiß. Vielleicht hat Gott sie ja geschickt, so wie die Heuschrecken in der Bibel. Eine gute alte Plage, um uns eine Botschaft zu überbringen. Bist du gläubig, Yuyu?«

»Ja und nein, also … auf eine spirituelle Art … Ich glaube an das Universum … den Kosmos … den großen Manitu …«

»Ich glaube an Gott, Yuyu. Und ich denke, es fällt schwer, darin kein Zeichen von ihm zu sehen. Gott gibt mit der einen Hand und nimmt mit der anderen. Gott hat seinen Wal zu sich geholt.«

Ich habe keine Ahnung, was er damit sagen will, nicke aber mit zusammengekniffenen Augen – um nachdenklich und zugleich sexy zu wirken.

»Und sie haben wirklich *alles* gegessen?«

»Scheinbar ja. Bis auf diese Flasche. Und das da.«

Bon zeigt auf eine Art verrostete Lanze im Sand, die aus einer anderen Zeit zu kommen scheint.

»Ein Stück Harpune aus seinem Magen.«

»Der arme Wal hat in seinem Leben ganz schön was durchgemacht.«

Nur noch das Relikt, die leere Flasche und der große getrocknete Blutfleck, deuten auf den Wal an dieser Stelle hin. Es gibt keine Knochen. Keine Zähne, keine Haut. Nichts. Es ist, als wäre er nie hier gestrandet. Als wäre er nur eine Fata Morgana gewesen.

Bon sagt: »Die Termiten müssen echt hungrig gewesen sein.«

»Sie werden mit ihrer Verdauung ganz schön zu tun haben.«

»Die Hausmeister sollten heute in die Stadt, Motorsägen besorgen. Nach Sonnenuntergang, im Schutz der Nacht, wollten sie den Wal dann zersägen, damit die Touristen das nicht mit ansehen müssen. Doch die Natur war schneller.«

Auf einmal füllen sich meine Augen ungewollt mit Tränen. Sie fließen mir warm und salzig die Wangen hinunter. Meine Schultern beben, aus meinem Hals dringt ein heiseres Schluchzen.

Bon kommt näher und umarmt mich zaghaft, in einer Mischung aus Empathie und Unbehagen, um mich zu trösten.

»*¿Qué te pasa, calabaza?* Man vergießt im Urlaub doch keine Tränen …«

»Ich weiß nicht, was mit mir los ist«, lächle ich ihm mit verschwommenen Augen zu.

Vielleicht ist es der schockierende Anblick dieses majestätischen, leblosen Tiers. Oder die Vorstellung, dass Avas Generation mit plastikübersäten Stränden konfrontiert ist. Oder meine gescheiterte Beziehung. Oder meine Hormone. Oder alles zusammen.

Mein Kopf lehnt an Bons Schulter. Als ich ihn wieder hebe, sehe ich einen feuchten Fleck auf seiner Tunika.

Entsetzt entschuldige ich mich mehrfach.

Er beruhigt mich: »Das macht doch nichts, Yuyu, der Stoff ist sehr saugfähig.«

Er holt ein Taschentuch aus seiner Bauchtasche und reicht es mir.

Ich schniefe und murmele: »Danke, Bon.«

Ich muss meine Nasenklammer verloren haben, realisiere ich in diesem Moment. Das kurze Schniefen war genug, um mich von dem immer noch fauligen, stechenden Geruch überwältigen zu lassen.

»Komisch …«, sage ich und kneife mit die Nase wieder zu. »Der Wal ist weg, aber zu riechen ist er immer noch.«

»Das ist wirklich komisch. Wahrscheinlich liegen die

Rückstände seiner Ausdünstungen noch in der Luft. Eine Art *Nachduft.*«

Ohne dass ich danach fragen muss, hat Bon bereits Stöpsel aus seiner Bauchtasche geholt und steckt sie mir fürsorglich in die Nase. Mit Fingerspitzen streicht er mir dann noch etwas Tigerbalsam über die Oberlippe und flüstert: »Eine zusätzliche Schutzschicht.«

»Ich liebe Menthol«, flüstere ich zurück, ohne zu wissen, warum.

Er ist so nah, dass ich seinen Atem spüre. In mir breitet sich eine wohlige Wärme aus. Wie mein Herz pocht! Ein Bonbon, dieser Bon. Er tut mir einfach gut und gibt mir das Gefühl, ich könne mich ihm ganz und gar hingeben.

Im Empfangsbereich steht ein großes Holzschild mit drei aufgemalten Delfinen, die aus dem Wasser springen. Die Gäste können ihre Gesichter durch drei ovale Löcher stecken und für ein Foto so tun, als wären sie Delfine.

Papa findet das lustig.

Er besteht darauf, dass wir uns dahinterstellen und ein Familienfoto machen. Zu Weihnachten will er es dann seiner Kundschaft schicken.

»Hugo, das ist albern …«, beschwert sich Mama.

Ich pflichte ihr bei: »Ich hab wirklich keine Lust, Papa.«

Auch wenn ich die drei Delfine besser finde als den einheitlichen Jeans-Look vom letzten Jahr.

Papa bleibt hartnäckig und geht uns so lange auf den Keks, bis wir mitmachen. Er gibt sein Handy einem Angestellten mit Segelohren – dem, mit dem Mama immer wieder spricht (sie wirkt froh darüber, ihn wiederzusehen) – und bittet ihn, ein Foto von uns zu machen.

Papa ruft: »Mach ruhig mehrere! Wir suchen dann das Beste aus!«

Mama ist rot wie eine Tomate und zwingt sich zu einem Lächeln. Ich presse meine Lippen fest zusammen. Und Papa gibt blöde Delfinlaute von sich.

Was für eine schöne Familie.

Mit Stöpseln in den Nasen.

WALDEMAR

Seit zwei Tagen bin ich durchgehend damit beschäftigt, aufgebrachte Gäste zu beschwichtigen, die ihren Aufenthalt im Nuevo Gran Palacio verkürzt oder damit gedroht haben. Der Wal ist vor zwei Tagen vom Strand verschwunden, aber sein Geruch hält sich hartnäckig, wird nur noch widerlicher.

Das ergibt keinen Sinn.

Und das macht die Gringos rasend.

Manche liefen zu Fuß bis zur Straße und ließen ihrer Wut freien Lauf, während sie ihre Koffer hinter sich herzerrten. Andere baten mich mit hochgezogenen Augenbrauen, verschränkten Armen und zugehaltener Nase, sie mit dem Cart zu fahren.

Die einen brummten, das sei »inakzeptabel«, sie würden »eine Rückerstattung fordern«. Die anderen schmollten vor sich hin.

Vielleicht hätte ich den Duftbaum vom Rückspiegel nehmen sollen. Wie er da so baumelte, verspottete er die Gäste, erinnerte sie höhnisch daran, dass ihnen ein Geruch den Urlaub im Paradies ruiniert hat.

Und da ich der letzte Vertreter des Hotels war, den sie vor ihrer Rückkehr ins echte Leben sahen – dieses Hotels, das ihnen den Urlaub verdorben hat – konnte ich mein Trinkgeld natürlich völlig vergessen.

Heute Morgen rief mich Hector Villarey, der Betreiber des Hotels, in sein Büro, das sich im selben Flügel wie die Rezeption befindet. Ich kenne es gut, aber wenn ich es betrete, beeindruckt mich die prunkvolle Einrichtung jedes Mal aufs Neue. Auf dem Boden liegt ein reich verzierter Perserteppich. Die mit Mahagoni vertäfelten Wände zieren die unterschiedlichsten Jagdtrophäen. Zwischen dem Kopf eines Zebras und dem Kopf eines Gnus hängen signierte Porträts von Stars, die im Laufe der Jahre im Hotel übernachtet haben, wie Barry Manilow, Zsa Zsa Gabor und der Unbekannteste der New Kids on the Block. Auf dem ausladenden Barockschreibtisch thront ein weiteres Foto in Schwarz-Weiß, aus der Zeit, in der Villarey professionell geboxt hat. Jung und schlank steht er im Ring und schwingt die Fäuste vor Muhammad Alis Gesicht.

Im Büro sitzt El Jefe – wie ihn die Angestellten nennen – in einem drehbaren Ledersessel mit dem Rücken zu mir. Er schaut durch das Fenster auf den größten Pool des Hotels.

»Sieh sich das mal einer an«, brummt er, ohne sich umzudrehen. »Kein einziger Mensch im Pool, wo er doch sonst um diese Zeit überfüllt ist.«

»Señor Villarey, das ist wegen dieses verdammten Geruchs. Er vertreibt alle.«

Hector Villarey dreht sich mit einem Ruck um.

»Ist er denn wirklich so schlimm? Beschreib ihn mir, Waldi.«

»Na ja, ich weiß nicht, schwer zu sagen … Es ist, als wäre das gesamte Fleisch eines Schlachthofs bei sengender Hitze in einem Graben vergammelt. Als ob darauf eine Wagenladung Erbrochenes, Sauermilch und Zwiebelsaft gegossen worden wäre. Das Ganze würde zum Schluss noch von einer Schicht Kohl gekrönt. Verschimmeltem Kohl.«

»Das ist ja ein richtiges Bukett.«

»Ich habe in meinem ganzen Leben noch nie etwas so Abstoßendes gerochen.«

»Ich kann es nicht riechen, verstehst du … Ich habe Anosmie.«

»Amosnie?«

»Nein, Anosmie! Ich habe meinen Geruchssinn verloren. Sugar Ray Leonard hat mir 1983 in Miami mit einem Schlag den Riechnerv zerstört. Seitdem rieche ich nichts mehr. *Nada. Njet.*«

»Überhaupt nichts?«

»Nichts. Es ist die reinste Geruchswüste. Keine Blume. Nicht mal meine Achseln. Und wenn du nur wüsstest, wie oft ich danebengegriffen und meiner Frau aus Versehen Männerparfum geschenkt habe.«

»Das ist ja schrecklich … Wir kennen uns schon so lange, Señor Villarey, aber ich hatte keine Ahnung, dass Sie im Stillen so sehr leiden.«

Er seufzt und sagt: »Ich wäre lieber blind geworden.«

El Jefe steht auf, geht zum Barwagen, gießt sich großzügig Rum in ein Glas – ohne auch mir etwas anzubieten –, kehrt zu seinem Sessel zurück und lässt sich hineinfallen.

»Wie du gesagt hast, kennen wir uns schon sehr lange, Waldi. Zwei alte Hasen. Vielleicht die Einzigen, die den Schnauzer noch aus Überzeugung tragen und mit Respekt. Nicht wie diese Hipster, für die das alles nur ein Witz ist.«

Ich nicke zustimmend: »Die jungen Leute von heute sind wirklich unglaublich respektlos.«

»Du warst da draußen immer meine Augen und Ohren. Ab heute wirst du auch meine Nase sein. Ich habe *keinen* Schimmer, wie sehr es stinkt. Aber ich weiß, dass es die Gäste belästigt und dem Geschäft schadet. Manche Gäste fordern eine Erstattung, manche verlassen uns für andere Hotels. Wozu eigentlich? Mir wurde gesagt, dass es überall an der Küste stinkt. Ich bekomme ständig Anrufe von Leuten, die schimpfen, ›mein Wal‹ hätte ihnen das Leben verpestet.«

»Und was wollen Sie jetzt genau von mir?«

»Ganz einfach, du sollst machen, dass der Geruch verschwindet.«

Er zieht eine seiner Schreibtischschubladen auf, holt einen dicken braunen Umschlag heraus und schiebt ihn in meine Richtung.

»300 US-Dollar. Fahr in die Stadt und kaufe, was nötig ist. Raumspray, Ventilatoren, parfümierte Tiki-Fackeln, Potpourrischalen … Mir egal, such dir was aus. Ich will nur, dass der Geruch verschwindet. Endgültig.«

Villarey nimmt einen Schluck Rum. Dann fährt er fort: »Zumindest konnten wir Nasenstöpsel und Klammern an sie verteilen. Das einzig Positive an der verfluchten Pandemie ist ja, dass wir uns daran gewöhnt haben, etwas im Gesicht zu tragen. Wobei eine kleine Nasenklammer um einiges dezenter ist als eine Maske.«

»Da haben Sie ja so recht, Jefe.«

Ich nehme den Umschlag und stecke ihn in meine Jackentasche.

Etwas versöhnlicher ergänzt er: »Und wenn das Geld nicht reicht, komm zu mir.«

Wohl wissend, dass in dieser Welt alles verhandelbar ist, räuspere ich mich und frage kurz darauf: »Dürfte ich Sie im Gegenzug darum bitten, wieder als Concierge zu arbeiten? Bei den Carts bin ich unglücklich.«

»Das entscheidet Luis Miguel. Er stellt die Concierges ein.«

»Ja, aber Luis Miguel ist ein kleiner Scheißer.«

»Absolut. Nur ist dieser kleine Scheißer der Neffe meiner zweiten Frau.«

»Bitte Jefe, ich wäre Ihnen überaus dankbar …«

Er seufzt schwer.

»Also gut. Mach, dass der Geruch verschwindet und ich werde sehen, was ich tun kann.«

»*Gracias, Jefe.*«

Ich deute ein höfliches Lächeln an, verbeuge mich kurz und gehe zur Tür. Als ich sie gerade öffnen will, ruft er mir noch hinterher: »Und heb die Quittungen auf! Sonst macht mein Buchhalter Hackfleisch aus mir.«

Ich drehe mich noch einmal um, hebe beide Daumen zum Zeichen, dass ich ihn verstanden habe, und verlasse schließlich das Büro.

Ich verweile einen Augenblick auf dem Marmorboden im Flur. Ich weiß nicht genau, wo mir der Kopf steht, wo ich diese gewaltige Geruchsoperation, die mir soeben aufgetragen wurde, beginnen soll.

Mein Blick bleibt an einer Vase mit Orchideen hängen,

die auf einer Louis-XVI-Konsole steht. Ich gehe zu ihr, versichere mich, dass mich niemand sieht, nehme die Blumen heraus und verlasse eilig den Flur.

Dieses harmlose Vergehen macht mir kein schlechtes Gewissen.

Villareys Nase kann die Blumen ohnehin nicht würdigen.

Meine Belén hingegen wird sie lieben.

AVA

»Aua!«

Die alte Frau zieht so stark an meinen Haaren, dass mir bestimmt gleich der Kopf abfällt. Sie nimmt sich eine neue Strähne, flechtet sie zu einem festen dünnen Zopf und fädelt an dessen Ende eine kleine blaue Plastikperle auf. Dann geht das Ziehen weiter.

»Aua … *Aua!*«, rufe ich und vergrabe meine Hand im Sand, um dem Schmerz zu entkommen.

»*Señorita*, je mehr Sie zappeln, desto stärker tut es weh«, sagt sie aufgesetzt freundlich.

»Versuch, an etwas anderes zu denken«, schlägt Papa vor, der im Sand neben mir sitzt. »Oder mal was.«

Hinter ihm kniet eine jüngere Frau und flechtet auch seine paar Haare zu Zöpfen.

Diese Vater-Tochter-Aktion war seine Idee. Er dachte, ich würde mich freuen, wenn uns eine der vielen Amateurfriseurinnen, die den Strand auf und ab laufen, geflochtene Zöpfe verpasst. Ich bin zwar noch jung, aber nicht blöd: Er möchte damit wiedergutmachen, dass er mir den Hintern versohlt hat. Seine Schuldgefühle beseitigen.

»Auaaa!«

Es fühlt sich an, als würde ich skalpiert.

Mit ausgestrecktem Arm greife ich nach meinem Etch A Sketch und beginne, den Gleitschirm hinter einem

Boot zu zeichnen. Ich kann noch so geschickt an den Knöpfen drehen, dem Schirm aber einfach nicht folgen – er ist zu schnell unterwegs. Ich suche am Horizont nach einem anderen Motiv, einem, das sich weniger bewegt. Na bitte: die Ölplattform.

»Sie können aber gut malen, *Señorita!*«, lobt mich die Frau, die mich am Kopf foltert. »Aber malen Sie doch nicht diese *barbaridad* aus Metall! Es gibt hier so viele andere, tausend Mal schönere Sachen. Wie wäre es mit den Wellen, den Vögeln, den Palmen …«

»Eine Palme habe ich schon gemalt«, erwidere ich ohne aufzublicken. »Am Flughafen.«

»Ach so.«

»Und wie wäre es mit deinem Papilein!?«, schlägt Papa vor und posiert wie eine Venus aus der Renaissance.

Seine Zöpfeflechterin versucht gerade, ihm eine lila Perle aufzufädeln und ermahnt ihn.

Ich grummle ein »nein danke«.

Sobald meine Flechterin fertig ist, holt sie einen zerkratzten Handspiegel aus ihrem Rucksack und hält ihn mir vor das Gesicht.

»*¡Mira qué guapa que estás!* Schau, wie hübsch du bist!«

Ich betrachte mein Spiegelbild. Die eng anliegenden Zöpfe betonen meine Ohren und meine Stirn voller Sommersprossen. Papa sieht genauso ulkig aus.

Er holt einen Geldschein aus seiner Badehosentasche und hält ihn der älteren der beiden Frauen hin. Der Schein ist nass, Papa war aus Versehen damit baden. Er entschuldigt sich, die Frau nimmt ihn mit einem *»no pasa nada«* zwischen Daumen und Zeigefinger an sich – aber in ihren Augen kann ich sehen, dass sie nur wenig begeistert ist.

Kurz nachdem Papa unseren neuen Haarlook bezahlt hat, kommt Mama aus dem Wasser.

Die Wassertropfen laufen an ihr herunter, sie nimmt die Taucherbrille und den Schnorchel ab, zieht die eine Flosse aus, dann die andere.

Ihre nassen, nach hinten gestrichenen Haare kleben an ihrem Rücken. Sie kommt in ihrem schwarzen, perfekt sitzenden Badeanzug mit leicht schwingenden Hüften auf uns zu. Meine Mutter ist wunderschön.

Ich frage sie: »Hast du Fische gesehen?«

»Ja, mein Schatz, in allen Farben des Regenbogens! Und auch herrliche Korallen!«

Mama lügt.

Ich weiß sofort, wenn sie lügt – sie sieht dann immer weg und ihre Nasenflügel zittern. Sie ist eine echt schlechte Lügnerin. Aber welche Wahrheit will sie vor mir verstecken? Sie will mich wohl vor dem beschützen, was sie unter Wasser gesehen hat …

Gekonnt wie immer wechselt sie schleunigst das Thema, indem sie beim Anblick unserer Haare einen kurzen Pfiff ausstößt.

Als sie mir über die dünnen, geflochtenen Zöpfe streicht, sagt sie kichernd: »Wow, du siehst aber toll aus!«

»Und *iiich?*«, fragt Papa und wirft seinen Kopf hin und her wie in einer Shampoo-Werbung.

»Du siehst aus wie ein in die Jahre gekommener Rapper.«

»Danke. So großzügig mit Komplimenten wie eh und

je«, grummelt er und legt sich bäuchlings auf sein Handtuch.

Papa und Mama, König und Königin des passiv-aggressiven Verhaltens.

Ich weiß gar nicht, ob ich die beiden jemals glücklich zusammen gesehen habe. Ganz anders als die Eltern meiner Freundinnen Zoé und Samira, die sich ständig küssen und Händchen halten. Schon komisch, dass zwei Menschen, die sich das Leben so sehr vermiesen, zusammenbleiben. Wie die Galeerensklaven in der Antike, die wir in der Schule hatten, die aneinandergekettet sind und für immer rudern müssen … Hoffentlich trennen sie sich bald und beenden ihr scheinheiliges Gehabe. Vor allem, weil ich am Ende immer zwischen den beiden stehe – wie ein Kampfrichter, der den Sumōringern ständig ausweichen muss, wenn er nicht zerquetscht werden will.

Ich weiß natürlich, dass sie wegen mir noch zusammen sind. Aber manchmal würde ich ihnen gerne sagen: »Schon gut. Ihr könnt aufhören: Es bringt niemandem was, wenn ihr eure miese Beziehung weiter am Leben haltet.«

Als ich zur Seite schaue, entdecke ich eine Nasenbärenfamilie im Gebüsch. Sie sind zu dritt – Mutter, Vater und Kind – und teilen sich einen angegessenen Hotdog. Die Eltern zerreißen die Wurst mit den Pfoten und verfüttern die Stücke großzügig an das Kleine. Am Ende ist sein Gesicht voller Ketchup und Senf. Die Mutter fängt an, es abzulecken. Der Vater steigt mit ein und bürstet ihm das Fell mit den Krallen. Sie wirken glücklich.

Meine Hand findet einen Stein im Sand, ich schleudere ihn, ohne zu überlegen, in ihre Richtung; sie laufen davon.

Mein Vater ermahnt mich: »Ava, hier werden keine Tiere gequält!«

Mama sieht einen Mann, der mit einem Safarihut auf dem Kopf und einer Eule auf dem Arm den Strand entlanggeht, und schlägt vor: »Mäuschen, wenn du dich abreagieren musst, wie wäre es dann, eine Eule fliegen zu lassen?«

»Aber Judith, dafür ist sie noch zu jung.«

Mama hält dagegen: »Ist sie nicht.«

Sie hebt den Arm, um den Mann auf sich aufmerksam zu machen. Er sieht sie, eilt zu uns und begrüßt uns. Mama erklärt ihm, dass ihre Tochter gern in die Kunst des Abrichtens eingeführt werden möchte. Er nennt einen Preis. Mama hat kein Geld dabei – Warum haben eigentlich nur Männerbadehosen Taschen? –, also verhandelt Papa weiter. Er schüttelt den Kopf und sagt die einzigen Wörter, die er auf Spanisch kann: »*Demasiado caro*. Zu teuer.«

Während sie noch feilschen, bewundere ich den majestätischen Vogel auf dem Handschuh des Mannes. Die flauschigen blassen und rötlichen Federn. Das weiße Herzgesicht hebt sich stark von den durchdringenden Augen ab, die wie kleine Glasknöpfe aussehen und mich neugierig ansehen.

»Uhuuu!«, kommentiert Mama.

Nachdem sich die Männer geeinigt haben, holt Papa wieder einen nassen Schein aus seiner Badehose und hält ihn dem Mann mit der Eule hin. Er nimmt ihn mit dem gleichen Gesichtsausdruck wie die Zöpfeflechterin entgegen.

Der Mann kommt zu mir und zieht mir einen Lederhandschuh über die Hand. Er ist drei Nummern zu groß. Die Eule hüpft sofort darauf, als ob sie mich schon lange kennen würde. Wie sie ihren Kopf um die eigene Achse dreht und mich dabei im Blick behält, verblüfft mich.

»Das ist Dolores, meine ›weiße Dame‹. Eine ganz Liebe, auch wenn sie im Volksglauben meist nicht ganz so gut wegkommt. In manchen Kulturen gilt sie als Geist, weil sie hauptsächlich nachts unterwegs ist und auch ganz leise. Die Römer glaubten, sie bringe den Tod. Und im Mittelalter wurden Eulen an Scheunentore genagelt, um sich vor Unwetter und Unglück zu bewahren.«

Verängstigt schaue ich zu Mama. Sie legt mir ihre Hand auf die Schulter und durchbohrt den Mann mit Blicken.

»Aber die Eule steht auch für *Weisheit*, nicht wahr?«, versucht Mama seinen düsteren Kurzvortrag zu entschärfen.

»Weisheit, ja, natürlich …!«, stammelt er.

Er macht mit seinem Unterarm eine plötzliche Bewegung, wie um sein Unbehagen zu verscheuchen, und sagt mir, ich solle es ihm nachmachen. Das tue ich.

Die Eule steigt absolut geräuschlos in die Höhe und dreht ein paar Runden über dem Strand. Die Urlauber auf ihren Handtüchern schauen ihr aufmerksam nach und bejubeln sie, die Hände zum Schutz vor der Sonne an der Stirn.

Der Mann legt mir ein Stück Fleisch in die Faust und pfeift. Als die Eule den Pfiff hört, setzt sie zum Sturzflug an. Kurz bevor sie meinen Handschuh erreicht, landet ein weißlicher Klecks auf meiner Schulter. Eulenkacke.

Meinen Eltern und dem Mann kullern die Tränen vor Lachen.

Ich mache ein finsteres Gesicht.

»Das bringt Glück!«, sagt der Mann und beseitigt die Sauerei mit einem Taschentuch.

»Auch, wenn es ein Unglücksvogel ist?«, hake ich nach.

Die Eule sitzt auf meiner Hand, dreht ihren Kopf hin und her und beobachtet mich. Ich will sie loswerden und schüttle energisch meinen Arm, damit sie wieder zu ihrem Besitzer fliegt.

Wir bleiben noch ein paar Stunden am Strand – Mama liest, Papa arbeitet an seiner Bräune und ich zeichne die Ölplattform auf meinem Etch A Sketch.

Als wir später auf unserer Etage aus dem Fahrstuhl kommen, macht es *peng* … *peng* … *peng* … Am Ende des Flurs steht das Zimmermädchen zwei Schritte neben ihrem Wagen. Sie lässt die Ballontiere platzen, die Bon am Tag unserer Ankunft für mich geknotet hat. Inzwischen sehen sie echt traurig aus und sind auch nur noch halb so groß – wahrscheinlich ist das der Grund, weshalb sie erledigt werden. Mit einem Schweizer Taschenmesser sticht das Zimmermädchen grinsend auf sie ein. Kurze und kräftige Bewegungen.

Fast wie ein Matador, der einen Stier zur Strecke bringt.

Als wir näher kommen, sagen wir fast alle gleichzeitig »*¡Holaaa!*«.

»*¡Buenos días!*«, antwortet sie mit einem funkelnden Lächeln, das ihre Spange zeigt.

Die Torera beugt sich zu mir herunter: »*Oiga, Señorita*, ich hoffe, du bist mir nicht böse, weil ich deine Ballons entsorge. Sie waren schon ganz verschrumpelt. Ein zusammengeschrumpfter Bichon Frisé ist ganz schön hässlich, stimmt's?«

»Stimmt.«

»Willst du auch mal?«, fragt sie mich und bietet mir das Schweizer Messer an. »Es ist perfekt zum Abreagieren.«

Meine Eltern tauschen nervöse Blicke.

Papa sagt: »Einverstanden … aber sei vorsichtig …«

Das Zimmermädchen überreicht mir einen violetten Tintenfisch, und ich steche laut kreischend einen Tentakel nach dem anderen kaputt. Wirklich perfekt zum Abreagieren.

»Bravo!«, sagt sie und entsorgt die schlaffe Ballonhaut im Mülleimer an ihrem Wagen. »Du bist ziemlich geschickt.«

Wir verabschieden uns und sie schiebt ihren Wagen weiter den Flur hinunter. Mama und Papa gehen ins makellos aufgeräumte Zimmer. Ich bleibe in der Tür stehen und schaue dem Zimmermädchen nach. Nach ein paar Schritten schwankt plötzlich ihr Oberkörper hin und her, dann fällt sie auf den Berg Laken auf ihrem Wagen. Ich rufe erschrocken nach meinen Eltern. Sie kommen sofort zur Tür und setzen sich mit entsetzten Gesichtern in Bewegung.

»Was ist passiert!?«, fragt Mama, als sie das Zimmermädchen bewusstlos auf dem Wagen liegen sieht.

»Weiß nicht … Sie ist einfach ohnmächtig geworden.«

»*Weird*«, kommentiert Papa, als er sich der Frau nähert. Er klebt sein Gesicht gegen ihres, um sich zu vergewissern, dass sie noch atmet. Dann legt er ihr zwei Finger an den Hals, um ihren Puls zu fühlen.

»Wenigstens ist sie nicht tot.«

»Was ist das?«, fragt Mama und zeigt auf eine gelbe, laminierte Karte, die an einem Band um ihren Hals hängt.

Darauf steht:

»Hallo,
ich leide an Narkolepsie. Deshalb schlafe ich manchmal einfach ein. Finden Sie mich schlafend vor, bewahren Sie Ruhe! Versuchen Sie mich auf keinen Fall zu wecken: Ich wache gleich wieder auf. Vielen Dank für Ihr Verständnis und bitte entschuldigen Sie die Unannehmlichkeiten.
Mit freundlichsten Grüßen
Belén Flores«

»Das erklärt alles«, murmelt Papa.

Mama sagt: »Wir können sie doch hier nicht einfach so liegen lassen.«

»Kannst du lesen? Hier steht, wir sollen sie *auf keinen Fall wecken*.«

»Ich rede doch nicht davon, sie zu wecken, Hugo. Ich rede davon, es ihr bequemer zu machen. Die Arme … Na los, hilf mir sie hochzuheben! Wir legen sie aufs Bett.«

»Du bist verrückt.«

»Und du herzlos.«

Mama stellt sich hinter Belén und greift sie unter den Armen.

Sie herrscht Papa an: »Nimm ihre Beine! Aber vorsichtig …«

Seufzend tut er, was sie sagt. Sie schleppen das Zimmermädchen durch den Flur – langsam und ungeschickt –, kriegen krebsrote Köpfe und pressen Flüche durch die Zähne, bevor sie die Schlafende wie einen Sack Kartoffeln auf ein Bett in unserem Zimmer hieven. Mama zieht ihr vorsichtig die Schuhe aus – die ausgeblichenen grauen Espadrilles haben schon bessere Zeiten gesehen. Sollten ihre Füße stinken, riechen wir es nicht: Wir tragen alle Nasenklammern wegen des schrecklichen Walgeruchs, der immer noch in der Luft hängt.

Wir bleiben am Fußende des Bettes stehen und schauen der Frau beim Schlafen zu.

Ich komme mir vor wie einer der sieben Zwerge, die über Schneewittchen wachen.

Pscht. Pssschhht.

Ein merkwürdiges Geräusch kommt plötzlich aus dem Flur.

Wir schauen durch die noch offene Tür. Es ist dieser alte Mann, Waldemar, der uns am ersten Tag empfangen hat. Er hält eine Dose Raumspray in jeder Hand und rennt mit ausgestreckten Armen den Flur hoch und runter, um ihren Duft zu verteilen. Wie das kleine Flugzeug, das manchmal über den Hof meiner Großeltern fliegt und die Felder mit Pestiziden besprüht.

Pscht-Pscht. Pssschhht.

Als er uns bemerkt, bremst er vor unserem Zimmer. Er steht in einer Wolke aus Raumduft und muss husten.

»*¡Buenos días, amigos!* Ich lasse nicht zu, dass Ihnen dieser Geruch den Urlaub verdirbt. Sehen Sie, ich habe die schweren Geschütze aufgefahren!«

Er schwenkt eine Dose und liest vor: »›Die Vier-in-Eins-Formel desinfiziert, reinigt, neutralisiert und eliminiert alle Gerüche und sorgt für einen angenehmen Lavendelduft.‹ Nicht schlecht, was?«

»Ziemlich gut sogar«, pflichtet ihm Papa bei, der ebenfalls husten muss.

Plötzlich werden Waldemars Augen ganz groß, als er Belén auf dem Bett hinter uns entdeckt.

»*Ay, Belén, mi amor* …«, sagt er leise.

Er kommt durch die Tür und läuft zum Bett, auf dem das Zimmermädchen friedlich schläft.

»Sie hatte schon lange keinen ihrer Anfälle mehr.«

»Wir … wir wussten nicht genau, was wir machen sollten«, gesteht Mama, »aber wir wollten sie nicht einfach im Flur liegen lassen.«

»Das haben Sie gut gemacht.«

Waldemar zieht an jedem einzelnen Finger seiner Lederhandschuhe, um sie auszuziehen, dann streicht er mit dem Handrücken über Beléns Wange. Schließlich beugt er sich über sie und küsst sie sanft auf die Stirn.

Mit funkelnden Augen flüstert er: »Sehen Sie nur, wie hübsch sie ist, wenn sie schläft.«

»Sind Sie verheiratet?«, frage ich.

»Noch nicht. Aber das werden wir eines Tages sein … Es ist nur eine Frage der Zeit.«

JUDITH

Es muss nicht immer alles gesagt werden.

Ava muss nicht wissen, was ich durch die Taucherbrille im Wasser gesehen habe. Sie muss nicht wissen, dass da keine Schwärme von Regenbogenfischen waren wie in dem glänzenden Prospekt am Empfang. Dass das einzige Leben, dem ich dort unten begegnet bin, ein trauriger beigefarbener Rochen mit einem amputierten Flügel war und ein Seepferdchen, das ein rosafarbenes Wattestäbchen fest umschlungen hielt. Es muss im Meer gelandet sein, wie tonnenweise anderer Müll. Das Seepferdchen schwamm vor mir auf der Stelle und schwenkte sein Stäbchen hin und her, als wolle es mir anbieten, meine Ohren zu putzen. Ich schüttelte leicht den Kopf, wie um zu sagen: »Danke, aber nein danke«, und bildete mir ein, es seufzen zu hören, bevor es davonflatterte. Ich schaute ihm nach, bis es hinter einem Vorhang aus schwebenden Partikeln im trüben Wasser verschwand.

Ava muss auch nicht wissen, dass das üppige, bunte Korallenriff, das ich eigentlich sehen sollte, abgestorben ist. Dass es nur noch eine riesige Todeszone ist, bleich wie Knochen in der Wüste.

Nein, ich werde ihr nichts davon sagen.

Bei der Unschuld von Kindern ist Vorsicht geboten. Sie ist heilig, so heilig und empfindlich wie eine Fontanelle. Ich hatte ein Anrecht auf meine Kindheit – sie hat ein Anrecht auf ihre. Ich bewahre die Illusionen meiner Tochter, es muss nicht immer alles gesagt werden.

CÉLESTE

Die sengende Sonne knallt mir ins Genick.

Es ist so heiß, dass mir Schweiß und Sonnencreme in den Augen brennen und sogar der Lippenstift in meiner Bauchtasche geschmolzen ist.

Aber wo Leid ist, ist auch Licht und ich bin entschlossen, alle Stufen dieser Pyramide zu erklimmen.

Auf Knien.

Natürlich würde ich lieber die Treppe zu einer Kapelle oder einer Basilika hinaufsteigen – einem heiligen Ort, der besser zu meinem Glauben passt. Doch da es in dieser Gegend so etwas nicht gibt, dachte ich mir: Diese Mayastadt aus dem achten Jahrhundert eignet sich genauso gut für meine Bedürfnisse. Ich bin zwar eine gute Katholikin, aber ich bin auch offen für die göttlichen Mysterien anderer heiliger Orte. Immerhin ist Gott überall, oder nicht? Außerdem gefällt mir die Symbolik der Stufenanzahl dieser präkolumbianischen Pyramide – insgesamt sind es 365, eine für jeden Tag des Jahres. Auf jeder Seite sind es 91, die dreihundertfünfundsechzigste Stufe führt zur Plattform hinauf. Ich habe mir alle vier Seiten vorgenommen, die ich zu einer langen Heiligen Stiege vereine, auf der meine Seele gereinigt und ich von meinen Sünden reingewaschen werde.

Die Plattform ist nur noch knapp hundert Stufen entfernt, gleich bin ich oben. Das bezeugen auch meine blutigen Knie, die ich mir auf den Steinstufen aufgeschürft habe. Ich schmiege mich an den sanften Schmerz, an die kostbare Qual, die mich dem Leidensweg Jesu Christi näher bringt. Die Touristen, die mich dabei beobachten, glauben, ich hätte den Verstand verloren. Das ist mir egal. Ich möchte meinen Aufstieg fortsetzen, eine Stufe nach der anderen. Eine Stufe, ein *Ave Maria*.

Die Hälfte der vierten und letzten Treppe habe ich schon geschafft. Da überrascht mich der Ruf einer Eule am Himmel und lässt mich hochschauen. Die Sonne blendet und ich ärgere mich, dass ich meine Sonnenbrille im Hotel vergessen habe. Ich sehe hinunter zu dem bunten Meer aus Touristen, die über das weitläufige archäologische Gelände schlendern. Manche haben ihren Selfiestick ausgefahren und fotografieren sich mit breitem Lächeln, die Finger zu einem V geformt. Weiter hinten werfen sich Teenager ein Frisbee zu und kugeln sich vor Lachen.

Sie sind so lächerlich, dass es schon wieder rührend ist.

Ignorant und gottlos, aber rührend.

Wenn die Maya sehen würden, wie respektlos sie diesem heiligen Ort begegnen, würden sie diese Heiden wohl am Ohr die Pyramide hochzerren und dann opfern. Zuerst würden sie ihnen das T-Shirt mit dem aufgedruckten *It's Five O'Clock Somewhere!* vom Leib reißen und dann das noch schlagende Herz mit einem Feuersteinmesser herausschneiden. Vielleicht würden sie einigen ihrer Opfer erlauben, während des Rituals ein oder zwei Selfies zu machen, damit sie nach dem Urlaub vor ihrem Freundeskreis prahlen können: »Das da zeigt mich bei meiner Kardioektomie auf der Pyramide … Wie ihr seht, bin ich ziemlich blass … Aber ich habe den Eingriff ganz ohne Betäubung gemeistert!«

Ich lache still in mich hinein.

Ich glaube, die Hitze raubt mir tatsächlich den Verstand.

Zwischen zwei *Ave Maria* überschlagen sich in meinem Kopf merkwürdige Gedanken. Etwa der an all das Blut, das im Laufe der Zeit die Stufen hinuntergeflossen ist. Und der an das Blut an meinen Knien, das die Stufen heute rot färbt. Blutige Palimpseste.

Mein Blick wandert zum Fuß der Pyramide, zu der gefiederten Schlangenbüste aus Stein. Ein Gott, der in der Sprache der Maya Kukulkan heißt; auf Nahuatl Quetzalcoatl. Ein widersprüchlicher Gott: eine Schlangenkreatur, die über den Boden kriecht, deren Vogelfedern aber auf den Himmel verweisen. Ein Gott, den ich sicherlich verehren könnte, hätte ich meinen Gott nicht schon gefunden.

Sieh an, diese Familie kenne ich doch. Ich laufe ihr ständig über den Weg. Die Mutter hat die Hände in die Hüften gestemmt und scheint den Vater zu beschimpfen. Die Tochter sitzt etwas abseits im Schneidersitz im Gras und überträgt die Pyramide auf ihrem Etch A Sketch.

Von oben kommt ein junges Paar aus Japan. Um sie vorbeizulassen, rücke ich ein Stück zur Seite. Ich nutze die Zeit, um die Stöpsel zurückzuschieben, die mir vor lauter Schweiß immer wieder aus der Nase rutschen. Am liebsten würde ich sie entfernen, doch den Walmief gibt es auch hier. Hundert Kilometer vom Hotel entfernt, noch Tage nachdem das Tier vom Strand verschwunden ist. Ich traue meiner Nase nicht. Es ist fast so, als würde der Gestank nie verschwinden, sondern sich immer stärker ausbreiten und sogar zunehmen. Als würden die fauligen Moleküle heimtückisch und entgegen jeder Logik in der Luft streuen.

Als das Paar vorbei ist, setze ich meinen Aufstieg fort.

»Gegrüßet seist du, Maria, voll der Gnade, der Herr ist mit dir. Du bist gebenedeit unter den Frauen …«

Nur noch wenige Stufen. Plötzlich befällt mich ein fürchterlicher Krampf im unteren Rücken. Die Märtyrerin in mir möchte sich dem Schmerz hingeben, auch wenn ich zugeben muss, dass ich es kaum erwarten kann, wieder aufrecht zu stehen und mich zu strecken.

Kurz vor der Plattform hebe ich den Kopf und schlucke einen Schrei herunter.

Da ist sie wieder. Der Geist der Alten sitzt mit überschlagenen Beinen gelassen auf der letzten Stufe. Sie sieht mich mit flehenden Augen an, greift sich mit den Fingern in die Brust, wühlt einen Augenblick darin herum und reißt sich dann das schlagende Herz heraus, das sie mir mit ihrer knochigen, zitternden Hand entgegenstreckt.

Im Minivan von den Pyramiden zurück ins Hotel lasse ich mich von der Cumbia wiegen, die aus dem Radio knistert. Die feuchte Hitze versetzt mich in eine wohltuende Trägheit. Den Kopf gegen das Fenster gelehnt, versinke ich in der vorbeiziehenden Landschaft. Es folgt eine riesige Werbetafel auf die andere, sie wirken, als wären sie wie tausend Jahre alte Kakteen mit der roten Erde verwurzelt.

Ich liste sie nacheinander auf.

Ein lächelndes Paar, das sich darüber freut, in ein luxuriöses Timesharing investiert zu haben. Ein lächelndes Paar, das mit einer Seilbahn über einen Dschungel saust. Ein lächelndes Paar, das bei Sonnenuntergang überglücklich den Strand entlangspaziert, weil es sich für die richtige Lebensversicherung entschieden hat …

Keine Straße für Alleinstehende oder Ungeliebte. Noch eine schnulzige Werbetafel mit einem vor Freude triefenden Paar, und ich stürze mich aus dem fahrenden Minivan.

Plötzlich muss ich an Frau Giraffe denken – ich frage mich, wann ich sie wohl wiedersehe.

Ich drehe mich nach hinten zu Ava, um auf andere Gedanken zu kommen.

»Muckel, zeigst du mir, was du heute gemalt hast?«, frage ich und schaue zu ihrem Etch A Sketch.

Ava hält mir ihre Zaubertafel hin. Ich erwarte den Umriss der Pyramide, vor der sie über eine Stunde lang gesessen hat. Stattdessen sehe ich das Bildnis einer Frau von hinten, die auf den Stufen kniet.

Ich ziehe eine Augenbraue hoch, die Motivauswahl meiner Tochter macht mich stutzig.

Ich fange an, mich um sie zu sorgen.

»Sie war unsere Flugbegleiterin, erinnerst du dich?«, fragt mich Ava.

»Na klar, doch!«, zwinge ich mich zu sagen. »Ich habe sie von hinten nicht gleich erkannt … Sie muss Kniescheiben aus *Stahl* haben, um solche Steinstufen hochzusteigen!«

»Oder einfach nur einen verdammt starken Willen«, flüstert Juju, ohne ihren Kopf von dem Tuch zu nehmen, das sie zusammengerollt und wie ein Kissen an die Scheibe gelegt hat.

Ich strecke einen Arm aus dem Fenster und versuche, den Wind einzufangen. Wind, der noch immer den Gestank des Wals in sich trägt.

Zurück im Hotel machen meine *Ladys* Mittagsschlaf. Ich springe unter die Dusche. Das warme Wasser fließt mir über den Rücken, meine Haut sondert Schweiß, Sonnencreme und Pyramidenstaub ab. Diesen Wohlfühlmoment nutze ich, um mich zu erleichtern, eine Unverschämtheit, die ich mir an zwei, und nur an diesen zwei, Orten erlaube: im Hotel und bei meinen Schwiegereltern.

Ich trete aus der Dusche, trockne mich ab, ziehe mich an und schlüpfe in meine Crocs. Da Ava und Juju noch immer schlafen, beschließe ich, eine Runde zu drehen. An einer Tiki-Bar in der Nähe des Pools bestelle ich Gin & Cola – wobei ich den Barkeeper bitte, sich bei der Cola zurückzuhalten, nicht aber beim Gin. Durch einen rosa Papierhalm sauge ich kräftig an dem Gratiscocktail (gratis bis zur Kreditkartenabrechnung nächsten Monat). Dann schlendere ich durch die offen angelegte, große Halle, in der wir erst vor ein paar Tagen angekommen sind, auch wenn es mir viel länger vorkommt. Ich laufe an dem künstlichen Teich mit den Koikarpfen vorbei, die teilnahmslos durch das sternenklare Wasser schwimmen. Es leuchten Geldstücke darin. Welche von diesen vielen, durch die Luft geworfenen Wünschen werden wohl in Erfüllung gehen?

Als ich das Schaufenster des Souvenirladens erreiche, liebäugele ich mit einem Set Schnapsgläser, bis mir einfällt, dass wir zu Hause einen ganzen Schrank davon haben. Bewusst oder unbewusst, lande ich schließlich vor KiddyLandia, dem Kinderclub von Frau Giraffe.

Der Papphalm meines Getränks ist mittlerweile platt gekaut. Ich drücke mein Gesicht gegen die Scheibe. Die Leute fragen sich bestimmt, wer dieser *Creep* mit Sonnenbrand und perlenbesetzten Zöpfen ist, dessen Kind nicht bei KiddyLandia ist, der aber durch die Scheibe von KiddyLandia schaut. Das ist mir egal, *sie* ist es, die ich suche – und finde. Sie sitzt ganz hinten im Raum an einem niedrigen Tisch zwischen zwei Knirpsen und schneidet aus einem weißen Papier Schneeflocken aus. Ihr Kopf steckt in keinem Giraffenhals. Es ist das erste Mal, dass ich ihr Haar sehe. Ein kurzer Bob, auf eine Seite gekämmt, der wunderbar zu ihr passt. Sie beugt sich vor, um ihre wohlwollende Hand auf die kleinere und fülligere Hand eines Jungen zu legen, der eine Schere mit abgerundeter Spitze hält.

Ich seufze voller Bewunderung in meinen Halm, was in meinem Gin & Cola Blasen aufsteigen lässt. So betrachte ich Frau Giraffe eine Weile. Als ob sie mich erahnen würde, blickt sie auf und sieht mit ihren nebelgrauen, von einer Brille umrahmten Augen in meine Richtung. Unsere Blicke treffen sich. Ihr Mund formt ein Lächeln, sie winkt mir kurz zu. Sie wirkt ehrlich erfreut, mich wiederzusehen. Ihre Lippen signalisieren mir jedoch, dass sie noch beschäftigt ist und gerade nicht zu mir herauskommen kann.

»Schon gut, ich verstehe!«, sage ich laut, als könnte sie mich hören.

Ich schlürfe den letzten Rest Flüssigkeit durch den Halm und winke ihr zum Abschied zu.

Glücklich über das Wiedersehen mit Frau Giraffe schlendere ich weiter über das weitläufige Hotelgelände.

Es gibt hier wirklich alles.

Die vielen Restaurants, daneben Boutiquen, einen Friseursalon, ja sogar eine Spielhalle, deren Geräusche mich magnetisch anziehen.

Als ich den dunklen Raum betrete, fühle ich mich plötzlich unglaublich alt – an den meisten Konsolen spielen Zwölf- bis Dreizehnjährige. Zum Glück beachten sie mich nicht. In der Ecke steht ein alter Pac-Man-Automat, der mich zu locken scheint. Ich stürze auf ihn zu wie auf einen alten Freund, den ich ewig nicht mehr gesehen habe. Sobald ich den roten Joystick umfasse, überkommt mich eine Welle der Nostalgie. Ich bin wieder ein Junge in den Achtzigern – eine Zeit, in der das Leben einfacher war, in der mir der Brunnen des Glücks unerschöpflich erschien.

Hektisch bewege ich den Joystick hin und her und empfinde ein hypnotisierendes Vergnügen, als sich der gelbe Kuller einer Krümelspur folgend durch das Labyrinth frisst. Vergnügen kann manchmal so simpel sein.

Ich denke, dass Ava diese Art von Spiel sicher gefallen würde, doch ich verwerfe den Gedanken gleich wieder. Es ist egoistisch, die eigenen Kindheitserinnerungen seinen Kindern aufzwingen zu wollen. Mir ist es ohnehin tausendmal lieber, sie verbringt ihre Zeit vor dem matten Bildschirm ihres Etch A Sketch als vor dem eines Videospiels, das sie abstumpft.

Als ich kurz darauf am Donkey-Kong-Automaten sitze, spricht mich ein junger Mann an.

»Entschuldigen Sie, dass ich Sie störe … Sind Sie nicht der Eiskunstläufer?«

Ich lächle, geschmeichelt, dass ich nach all den Jahren noch erkannt werde. Ich dachte schon, alle Welt, mit Ausnahme von meiner Mutter, hätte meinen Bronzetriumph bei den Olympischen Spielen vergessen. Ich bin so überrascht, dass meine Hand am Joystick erstarrt: Mario wird von einem Fass, das Donkey Kong auf ihn wirft, überrollt und stirbt.

Ich lächle breit und schüttle eitel meine Zöpfe.

»*Yessir*. Möchtest du ein Autogramm?«

»Ja, bitte«, sagt er und reicht mir einen Papieruntersetzer und einen Kugelschreiber. »Aber für meine Oma, nicht für mich. Sie ist ein großer Fan.«

Ich schlucke meinen Stolz herunter und signiere theatralisch für den besagten Fan – eine gewisse Suzanne.

»Würde Suzanne sich auch über ein Selfie freuen?«

»Ich denke, das reicht, sie …«

Ich unterbreche ihn, reiße ihm das Handy aus der Hand, lege meinen Arm um seine Schulter und schieße ein paar Fotos von uns, à la Duckface.

Der junge Mann lächelt nicht, aber ich bin mir sicher, dass sich Suzanne freuen wird.

Auf Wolke sieben schwebe ich zurück in unser Zimmer.

Eine Wolke, die sich auflöst, als meine Frau das Wort ergreift.

»Wo warst du?«

»Dir auch hallo. Hast du gut geschlafen?«

Ich möchte ihr alles erzählen, von meinem nostalgischen Wiedersehen mit Pac-Man und Donkey Kong in der Spielhalle und von Suzannes Enkel, der mich erkannt hat, aber ich fürchte, sie wird mir diese noch so frische und schöne Erinnerung vermiesen.

»Wo warst du?«, wiederholt sie eine Tonlage höher.

»Unterwegs. Habe mir ein bisschen Me-Time gegönnt.«

»Ach so, na wenn das so ist, gönne ich mir morgen auch etwas Me-Time. Nur für mich.«

»You-Time ist zwangsläufig nur für dich«, würde ich gern erwidern. Stattdessen rolle ich nur mit den Augen. Ohne etwas zu sagen, sehe ich einen Moment lang Ava beim Malen zu, dann mache ich ihr folgenden Vorschlag: »Während deine Mama Zeit mit sich allein verbringt, können wir zwei beiden doch etwas unternehmen. So was wie eine Tequilaverkostung mit anschließendem Tandem-Bungeejump? Was sagst du, Motte?«

Ava reagiert nicht auf meinen Witz, sie ist zu versunken in ihr neuestes Stillleben, das den Titel tragen könnte: *Espadrille auf dem Teppich (eine Studie).*

»Du hättest uns wenigstens eine Nachricht dalassen können«, brummt Juju. »Wir sind seit einer Stunde wach und warten auf dich, damit wir essen gehen können.«

»Ihr hättet auch ohne mich losgehen können. Ich wäre nachgekommen. Ihr hättet mir nur eine Nachricht dalassen müssen.«

Kurz ist es still.

»Eigentlich hast du recht«, seufzt sie. »Wir hätten dir eine Nachricht dalassen können. Hätten können, hätten sollen.«

Ihre Aufrichtigkeit überrumpelt mich, lockert auch umgehend die Spannungen zwischen uns. Wir lächeln uns sogar schüchtern zu.

»Gehen wir essen«, schlägt Juju vor.

»Gehen wir essen.«

JUDITH

Im Hammam des Hotels kann ich die Hand vor meinem Gesicht nicht erkennen. Das Einzige, was ich in diesem dichten Dunst erahnen kann, sind zwei überschlagene Füße. Sie ragen unter dem Nebel hervor wie die Füße eines Kindes, das sich hinter einem Vorhang versteckt.

Die Zehennägel sind rot lackiert.

Den Knöchel ziert das diskrete Tattoo eines stilisierten Pfeils.

Ich kenne diese Füße. Aber woher?

Jetzt fällt es mir wieder ein. Neulich, am Pool.

»Céleste … Bist du das?«

»Ja, warum?«, antwortet eine körperlose Stimme. »Wer will das wissen?«

»Judith … Wir haben uns am Pool gesehen. Meine Familie und ich waren in deinem Flieger.«

»Ach so, ja klar! Mit dieser kleinen Komikerin, die die Rettungsweste angezogen hat … Du klingst anders.«

»Ich habe die Nasenstöpsel rausgenommen.«

»Sie herauszunehmen tut wirklich gut. Die Sauna ist der einzige Ort im ganzen Hotel, an dem der Gestank einen nicht niederschmettert.«

»Das müssen wir genießen!«, erwidere ich und atme den feuchten Eukalyptusduft ein. »Spürst du, wie sich deine Poren öffnen?«

»Nein. Aber meine Lungen brennen.«

Sie hüstelt ein Lächeln. Eine angenehme Stille breitet sich zwischen uns aus. Ab und an tropft Wasser von den Mosaikfliesen der Decke. *Tropf. Tropf. Tropf.*

Es ist schon komisch, ein Gespräch ohne sichtbare Gesprächspartnerin zu führen.

»Bist du Schütze?«, frage ich sie wegen des Sternzeichens an ihrem Knöchel.

»Ach, mein Tattoo … Ja. Nur ist mein Aszendent Stier. Den hätte ich mir lieber tätowieren lassen sollen. Der Stier hat sich bei mir durchgesetzt: Ich kann ziemlich stur, mürrisch und besitzergreifend sein.«

»Interessierst du dich sehr für Astrologie?«

»Jaa … nein. Eigentlich so wie jeder Mensch. Beim Zahnarzt im Wartezimmer lese ich gerne mein Horoskop in der *Cosmopolitan.* Als Jugendliche war ich eine Zeit lang von Sternzeichen wie be-ses-sen. Daher auch das Tattoo. Heute pflege ich eher meinen Glauben. Ein etwas … tieferer Glaube. Und wie stehst du zur Astrologie, glaubst du daran?«

»Tja, nicht wirklich. Gleichzeitig gefällt mir der Gedanke, ein archetypischer Wassermann zu sein: frei, nonkonformistisch, mit dem Kopf in den Wolken …«

»Wohl eher im Dunst«, scherzt Céleste.

»Im Moment fahre ich voll auf Träume ab.«

»Träume?«

»Ja, ich interpretiere sie, versuche, sie zu verstehen. Ich habe mir sogar ein Lexikon der Traumdeutung für meinen Nachttisch gekauft. So kann ich gleich nach dem Aufwachen versuchen zu verstehen, was die Nacht mir erzählt hat.«

»Und? Hast du kürzlich was geträumt?«

»Das ist lustig, ich hatte im Flugzeug einen seltsamen …«

»Stimmt, ich erinnere mich. Du hast wie ein Bernhardiner auf dein Kissen gesabbert.«

»Wie peinlich!«, rufe ich und halte mir die Hand vor den Mund.

Céleste lacht aus vollem Herzen.

»Wie dem auch sei. In meinem Traum waren mein Mann und ich auf einem Karussell … Einem dieser alten mit den vielen Lampen, einer mechanischen Orgel und Tierfiguren aus Holz. Wir waren dort allein. Er saß auf einem Vogel Strauß, ich auf einem Dromedar. Das Karussell drehte sich erst langsam, dann wurde es schneller und schneller, sogar irrsinnig schnell. Irgendwann ist mein Mann von seinem Strauß gestiegen und wollte zu mir. Da ging die Spiegeldecke auf und es regnete Clementinen. Ein richtiger Clementinenschauer. Hugo kam trotz jeder Anstrengung nicht vom Fleck, es prasselten einfach zu viele Clementinen auf ihn nieder. Ich stieg vom Dromedar, konnte aber keinen Fuß vor den anderen setzen, so sehr stolperte ich über die Früchte. Außerdem raste das Karussell …«

»Also kamt ihr einander nicht näher.«

»Nein.«

»…«

Ich stoße einen tiefen Seufzer aus, lasse die Dampfwirbel vor meinem Mund tanzen.

»Und du, Céleste, träumst du?«

»Ja, aber … eigentlich sind es Albträume. Und Halluzinationen, die mich auch tagsüber heimsuchen.«

»Was zum Beispiel?«

»Hast du Zeit mitgebracht?«

»An diesem Ort existiert die Zeit nicht. Die Sanduhr an der Wand ist verstopft.«

Ich höre, wie Céleste ihre Position wechselt.

»Wo soll ich nur anfangen? Es war vor zwei Jahren, auf derselben Linie. Der Flug verlief ruhig: blauer Himmel, keine Turbulenzen, ein paar beschwipste Passagiere wie immer, aber nichts, womit ich nicht zurechtkäme. Ich war mehrmals im Gang unterwegs, servierte Getränke und Snacks. Mir war eine ältere Dame aufgefallen, die mit dem Kopf am Fenster schlief. Friedlich. Sie saß auf 18A, das werde ich nie vergessen … Sie schlief wie ein Murmeltier und ich wollte sie nicht wegen ein paar Mini-Brezeln aus dem Schlaf reißen, das versteht sich … Wir landeten und alle Passagiere stiegen aus. Bis auf die Dame. Ich ging zu ihr, um sie zu wecken, flüsterte ihr zu, dass wir da sind, rüttelte leicht an ihrer Schulter. Nichts. Dann berührte ich ihre Hand, sie war eiskalt … Und als ich mich ihrem Gesicht mit meinem Ohr näherte, wurde mir klar, dass sie nicht atmete. Sie hatte auch keinen Puls mehr. Später erfuhr ich, dass sie wohl kurz nach dem Start gestorben ist, vielleicht auch schon davor, wer weiß das schon? Ich wäre auf dem Rollfeld fast zusammengebrochen, als ich den Sack mit ihrem Körper auf einem dieser Gepäckwagen sah … Ich war an diesem Tag die Kabinenchefin, sie verstarb unter meiner Aufsicht. Ich hätte früher merken müssen, dass etwas nicht stimmte, dass sie nicht einfach nur schlief. Die Fluggesellschaft hat mich nach diesem traumatischen Erlebnis zwar unterstützt: mit sechs bezahlten Therapiesitzungen und einer Woche Urlaub … Ich glaubte wirklich, ich würde mich schnell wieder erholen. Zumal es heißt, Sterben ist Teil des Lebens, vor allem im Alter … Aber es änderte nichts an meinen Schuldgefühlen. Vielleicht hätte sie reanimiert werden können, wäre ich nur aufmerksamer gewesen …«

Ich taste mit ausgestrecktem Arm nach Célestes Schulter, finde aber nichts.

»Céleste, dafür kannst du doch nichts. Es war nicht deine Schuld.«

»Das sagen mir alle. Es macht meine Halluzinationen aber nicht weniger real … Was ich dir gleich sage, hört sich bestimmt verrückt an, aber ein paar Wochen nach dem Vorfall fing die alte Dame an … mich zu besuchen.«

»*Besuchen*?«

»Ihr Geist. Eines Abends, als ich gerade den Abwasch erledigte, stand sie plötzlich auf der anderen Seite des Fensters. Dann auch im Fitnessstudio neben mir auf dem Laufband.«

»Und was … sagt ihr ›Geist‹ zu dir?«, frage ich leise, selbst überrascht von meinem ernsten Tonfall.

»Überhaupt nichts. Das ist ja das Beängstigende. Sie sieht mich nur mit großen, flehenden Augen an … So als möchte sie verstehen, warum ich ihr nicht geholfen habe.«

»Erscheint sie dir denn oft?«

»Ein paar Mal in der Woche. Ich habe sie neulich im Restaurant an der Bar gesehen und dann bei den Pyramiden. Eigentlich …«

»Nur zu!«

»Ich möchte dir ja keine Angst machen, aber sie ist gerade hier bei uns. Hinter dir. Auf der untersten Stufe.«

Ich erstarre. Mein Herz ballt sich in meiner Brust zu einer Faust zusammen. Ich reibe nervös an meiner Ferse, forme aus den toten Hautkrümeln eine Kugel. Dann drehe ich mich so langsam wie möglich um.

Alles, was ich sehe, ist dichter, milchiger Dampf.

»Kannst du sie sehen?«, flüstere ich.

»Ja. Es ist seltsam … Dich sehe ich nicht. Sie aber schon.«

»Und was macht sie gerade?«

»Sie liegt auf dem Rücken mit dem Gesicht zu mir. Sie lässt mich wie immer nicht aus den Augen.«

»Auweia, ich kriege Gänsehaut.«

»Anfangs hat es mir einen ziemlichen Schrecken eingejagt. Inzwischen habe ich mich wohl daran gewöhnt, dass sie da ist. Schon komisch, woran man sich alles gewöhnt. Sogar an Geister.«

»Aber warum ist sie noch da? Sie muss noch ein Anliegen haben …«

»Ja, mich quälen.«

»Vielleicht war sie einfach enttäuscht, weil sie keine Mini-Brezeln bekommen hat«, scherze ich, um die Stimmung aufzulockern.

Ich spüre, wie Céleste hinter dem dichten Dunst lächelt.

Dann herrscht wieder Stille. Plötzlich macht mir der Gedanke an den Geist einer alten Frau in der Sauna – glühend rot und schweißnass – eine Heidenangst. Nervös schlage ich Céleste vor: »Gehen wir? Ich zerfließe gleich.«

»Gute Idee. Ich werde ohnehin bald ohnmächtig.«

Wir drücken die massive Holztür auf, entfliehen der stickigen Saunaluft, schlüpfen in unsere Flip-Flops und gehen zu den Kübeln, die von der Decke hängen. Ich ziehe mutig an einem der Seile, eiskaltes Wasser ergießt sich über mich. Ich kreische auf, Céleste lacht aus vollem Hals.

»Wollen wir die finnische Sauna probieren?«, frage ich, während ich mich mit dem Handtuch abtrockne.

»Bloß nicht! Wir müssen uns an den ›Warm-Kalt-Entspannungs-Zyklus‹ halten! Unserem Körper ermöglichen, wieder seinen Herzrhythmus zu finden, dafür sorgen, dass die Endorphine freigesetzt werden und so weiter und so fort. Jetzt *entspannen* wir uns.«

»Schwierige Aufgabe.«

Als sie sich ihren Bademantel überzieht, sehe ich frische Wunden auf ihrem Rücken und an ihren Schultern. Ich öffne den Mund, um sie darauf anzusprechen, überlege es mir aber anders.

Céleste führt uns in einen Ruheraum, in dem Liegestühle aneinandergereiht sind. Auf niedrigen Plastiktischen liegen alte Magazine, aus den Lautsprechern an den Wänden kommt Entspannungsmusik. Eine Synthesizer-Melodie gemixt mit Waldregen. Im hinteren Teil des Raums liegt ein Mann, dessen dicker Bauch durch den Schlitz seines Bademantels zu sehen ist. Er zersägt einen ganzen Wald trotz – oder wegen? – seiner Nasenstöpsel.

Céleste und ich lassen uns nebeneinander auf die Liegen fallen. Wir greifen uns jede eine Zeitschrift: sie eine alte Ausgabe des *People Magazin*, ich eine *Vogue* mit umgeknickten Ecken. Aber wegen der lauten Schnarchnase gelingt es mir nicht zu lesen. Ich muss an Belén denken, dieses Zimmermädchen, das auf ihrem Wagen eingeschlafen ist und das Hugo und ich auf unser Bett gelegt haben. Ich lege die Zeitschrift beiseite und wende mich Céleste zu.

»Céleste?«

»Ja?«

»Ich würde dich gern um einen Gefallen bitten … Meinst du, du könntest heute Abend ein paar Stunden auf Ava aufpassen? Hugo und ich wollen tanzen gehen, als Versuch, unsere erkaltete Ehe neu anzufachen. Ich hätte ja unser Zimmermädchen gefragt, aber sie leidet an Narkolepsie, kann also jederzeit einfach einschlafen. Das ist nicht gerade vertrauenerweckend.«

»Mit Vergnügen. Na ja … wenn du einer heimgesuchten Flugbegleiterin mehr vertraust«, witzelt sie.

Die Entspannungsmusik besteht nun aus Walgesängen. Die Ironie des Ganzen lässt mich schmunzeln.

Nach einer Weile schaut Céleste von ihrer Zeitschrift auf.

»Wenn ich fragen darf … Warum läuft es zwischen dir und deinem Mann nicht mehr?«

Ich seufze tief, beinahe erleichtert, endlich darüber reden zu können.

»*Puh*, da fragst du mich aber etwas … Ich glaube, wir sind einfach grundverschieden. Wie Öl und Wasser. Ketchup und Mayo. Jules und Jim. Am Anfang ziehen sich Gegensätze an, aber am Ende machen sie alles kaputt …

Den Alltag muss immer ich organisieren, der ganze Mental Load liegt bei mir. Ich muss an den Einkauf denken, an den Haushalt, an Avas Cellounterricht, an ihren Steppunterricht, an ihr Mittagessen für die Schule, an die Reinigung des Katzenklos. Und dann ist da noch der ganze Kleinmist, der sich anhäuft und mit der Zeit unerträglich wird. Er entfernt nie die Haare aus dem Waschbecken, nachdem er sich rasiert hat. Ersetzt nie das Toilettenpapier. Bietet mir nie das letzte Stück Kuchen an. Sein Musikgeschmack beschränkt sich auf die Top 40. Und wenn wir einen Abend im Freundeskreis verbringen, hängt er sich jedes Mal seine blöde Bronzemedaille um den Hals. So was von peinlich.«

»*Schschsch!*«, macht der Mann, den wir offenbar geweckt haben, und zeigt mit seinem behaarten Arm auf ein »Ruhe bitte!«-Schild.

»Selber *schschsch!*«, kontert Céleste. »Ich kenne Nilpferde mit Asthma, die leiser schnarchen als Sie.«

Der Mann blinzelt ein paar Mal verdutzt, dreht sich dann auf den Bauch und murmelt etwas in seinen Bart.

»Sprich weiter«, beharrt Céleste.

Seltsam, wie leicht es mir fällt, mich ihr anzuvertrauen. Dabei kennen wir uns kaum …

Ich richte mich auf der Liege auf und erzähle weiter: »Doch was das Fass zum Überlaufen gebracht hat, war die Vasektomie.«

»Die *Vasektomie?*«

»Wir haben immer von einer großen Familie geträumt. Eine Rasselbande von drei oder vier Kindern. Aber nach Avas Geburt hat Hugo seine Meinung geändert …«

»Und hat sich unters Messer gelegt.«

»Jep.«

»Hattet ihr darüber gesprochen?«

»Nein. Ich meine, ja … Er hat es mir am Abend zuvor erzählt. Mich vor vollendete Tatsachen gestellt.«

»Du lieber Gott. Das muss sich wie Verrat angefühlt haben …«

»Ein tiefer. Ich bin darüber nie wirklich hinweggekommen. Das habe ich erst Jahre später in der Paartherapie verstanden.«

»Und das bei all den Frauen, die nur darauf warten, dass ihre Männer sich kastrieren lassen!«

»Ich weiß. Ich aber nicht. Ich wollte eine ganze Kinderschar. Auch wenn unser CO_2-Fußabdruck dadurch katastrophal geworden wäre. Ich weiß, wie paradox das ist.«

»Eine Vasektomie lässt sich doch auch wieder rückgängig machen, oder?«

»Vergiss es. Der Zug ist abgefahren, er will nichts mehr darüber hören.«

»Das ist alles ziemlich vertrackt«, seufzt Céleste.

»Sehr.«

Nach einem Moment des Schweigens beugt sie sich zu mir. Sie legt ihre Hand auf meine, schaut mich mit weisen Augen an und flüstert: »Meine Liebe, nicht jeder zerbrochene Krug lässt sich wieder kitten.«

HUGO

Ich werfe mich in Schale, sie wirft sich in Schale, wir werfen uns in Schale.

Wir tun es automatisch, ohne zu wissen, warum. Ich schreibe es dem Instinkt für Körperhygiene zu, der bis zu den Höhlenmenschen zurückreicht und über die Jahrhunderte bis zu uns weitergegeben wurde.

Das Sich-zurechtmachen-Gen.

Juju und ich sind zusammen im Badezimmer. Wir doppeln uns in dem großen, von Glühbirnen gesäumten Spiegel. Wir stehen nebeneinander, doch Lichtjahre voneinander entfernt. Sie frisiert sich gerade die Haare mit einem Lockenstab. Wegen meiner immer noch perfekten Flechtfrisur muss ich mich nur rasieren und etwas Deo auftragen. Ich möchte mir aber etwas mehr Mühe geben, auch im Hinblick auf den schrecklichen Walgestank, der weiter überall in der Luft hängt. Also nehme ich die Parfumprobe aus der Zeitschrift, die im Flugzeug in der Sitztasche vor mir steckte, und reibe sie an meinen Hals. Von diesem duftenden Papier kaum berührt, schon zeigt sich neben meinem Adamsapfel eine Schnittwunde. Ein dünner Blutfaden rinnt bis zu meinem Brustbein. Ich sehe aus, als hätte mich ein Vampir gebissen. Ich fluche leise.

»Das hast du nun von deinem Geiz«, spottet Juju monoton.

Sie tritt näher an den Spiegel heran, reißt ihre Augen weit auf und tuscht sie mit Mascara.

»Ich bin nicht geizig, nur *sparsam*«, entgegne ich und tupfe mir das Blut mit einem Knäuel Toilettenpapier ab. »Ich weiß, das ist für dich, die das Geld zum Fenster hinauswirft, nur schwer zu verstehen.«

Juju wirft mir tödliche Blicke zu, während sie sich weiter die Augen schminkt.

»Das sagst gerade du, Mister-Geld-für-einen-blöden-Urlaub-im-Süden-verbraten.«

»Der Urlaub ist nicht blöd. Er ist eine Investition in die Rettung unserer Beziehung.«

Juju rollt mit den Augen, ob wegen meines Kommentars oder wegen der Mascarabürste kann ich nicht sagen.

Zwischen uns wird es still, bleibt es still.

»Und wie wir uns heute Abend amüsieren werden«, merke ich ironisch an, dann verlasse ich das Bad und gehe zu meinem Schrank.

Ich hole ein Hawaiihemd heraus und ziehe es an. Dabei fällt mein Blick auf den Bildschirm von Avas Etch A Sketch. Sie sitzt im Schneidersitz vor dem Bett, lehnt sich mit dem Rücken dagegen, und zeichnet Juju und mich von hinten – so wie Céleste auf der Pyramide. Ich stehe vor einem Waschbecken, Juju vor dem anderen. Die Kluft zwischen uns springt so sehr ins Auge, dass sich mir beim Anblick dieser beiden Fremden die Kehle zuschnürt … Es erschüttert mich, dass unsere Tochter mit ein paar Strichen Aluminiumpulver einfangen kann, wie weit wir uns voneinander entfernt haben.

Ich schlucke unauffällig meine aufsteigenden Tränen herunter, und zucke zusammen, als es an der Tür klopft. Das ist bestimmt Céleste.

»Ich gehe!«, sage ich mit vorgetäuschter Gutmütigkeit und bewege mich zur Tür.

Ich greife mit einer Hand an die Türklinke, lasse mir aber noch kurz Zeit, um mir mit der anderen die Tränen aus den Augen zu streichen. Ich atme ein Mal tief durch, zwinge mich zu einem Lächeln und öffne die Tür.

»*¡Buenas noches!*«, begrüßt mich Céleste.

»*¡Buenos nachos!* Vielen Dank, dass du heute Abend auf Ava aufpasst, auch wenn du selbst gerade im Urlaub bist.«

»Es ist mir wirklich eine Freude. Ich liebe Kinder.«

»Hallo Céleste!«, ruft Juju aus dem Bad herüber.

»Guten Abend, meine Hübsche!«, ruft Céleste zurück. »Wie fühlst du dich nach unserem verjüngenden Nachmittag im Spa?«

»Wie neugeboren.«

Während Juju sich noch weiter in Schale wirft, erkläre ich Céleste Avas Abendroutine.

»Und wenn du sie mit etwas beschäftigen möchtest, sie zeichnet unheimlich gern.«

»Ich weiß. Ich bin bestens vorbereitet!«, sagt sie und hält einen Notizblock und einen Stift mit dem Hotellogo hoch. »Aber wahrscheinlich bin ich nicht so begabt wie Ava. Hoffentlich macht sie sich nicht über meine Strichfiguren lustig.«

Als Juju endlich aus dem Bad kommt, hört mein Herz auf zu schlagen. Und auch die Erde bleibt stehen. Sie ist atemberaubend schön. Wie ein Model, das gerade den

Laufsteg einer Modenschau betreten hat. Sie trägt einen indigoblauen, seidenen Hosenanzug mit tiefem Ausschnitt. In den hochhackigen Sandalen wirkt sie erfrischend selbstbewusst, und so überaus sinnlich, dass es mir den Atem verschlägt. Mit dem Lidschatten um ihre kobaltblauen Augen hat sie etwas von einer Femme fatale. Dezent schimmern die Glitzerpartikel ihres Rouges und gesellen sich wie Sterne zu ihren Sommersprossen. Ihre roten, frisch lackierten Fingernägel lassen ihre abgenagte Nagelhaut kaum erahnen – dieses Detail sehe nur ich. Als sie mit den Fingern durch ihr offenes Haar fährt, werden meine Knie weich.

»Wow«, sagt Ava erstaunt.

»Arrr«, schnurre ich.

»Woo-hoo«, legt Céleste noch einen drauf.

Als mir bewusst wird, dass sich Judith nicht für mich, sondern für jemand anderen schön gemacht hat, verknotet sich mein Magen. Sie möchte keinen alten Bekannten verführen. Sie will einen Neuen erobern.

Ich verscheuche diesen traurigen Gedanken und wende mich stammelnd an sie: »Wollen wir dann los?«

Sie nickt kurz.

Ich gehe zu Ava und küsse sie auf die Stirn.

»Viel Spaß mit Céleste, Liebes, und träum was Schönes. Wir sind nicht lange weg, nur ein paar Stunden.«

Juju gibt unserer Tochter auch einen Kuss, dann legt sie ihre Hand auf Célestes Schulter.

»Tausend Dank! Falls irgendwas ist …«, ergänzt sie und schwenkt ihr Handy.

»Selbstverständlich. Viel Spaß!«

Wir geben beide ein Grummeln von uns – lauter als gedacht, wenig zuversichtlich, uns gemeinsam amüsieren zu können –, und gehen los.

Wir gehen schweigend zum Fahrstuhl. Das Schweigen folgt uns auch hinein, wiegt so schwer wie die Aufzugtüren, die hinter uns zugehen. Hugo schaut zur Decke, ich zu meinen Füßen. Wenn eine Beziehung in die Brüche geht, kommen einem oft Türen in den Sinn, die zugeknallt werden, und Auseinandersetzungen, bei denen die Wände wackeln. Man vergisst, dass die Liebe auch ganz leise zugrunde gehen kann.

Darum haben wir aufgehört, zusammen ins Restaurant zu gehen – das Schweigen wurde zu groß. Schon am Tag davor löste allein der Gedanke daran Panik bei mir aus. Um den Abend zu überstehen, ging ich mehrmals zur Toilette, während Hugo Spiralen in das Salz auf dem Tischtuch malte, nachdem der Streuer umgekippt war. Als unsere Beziehung noch jung war, machten wir uns über die alten Paare lustig, die auf ihre Teller starrten und sich nichts mehr zu sagen hatten außer: »Gib mir mal den Senf«, oder: »Welches Dessert nimmst du?« Wie traurig wir dieses Schweigen fanden. Wir hätten nie gedacht, dass es uns eines Tages auch einfangen würde.

Das war es mit den Candle-Light-Dinners für uns. Das Einzige, das wir noch zu zweit tun können, ist Tanzen. Damit meine ich nicht Walzer, Slowfox oder Salsa, sondern Techno, House und Jungle. Elektronische Musik hat den großen Vorteil, dass wir beide in eine Trance fallen können, ohne einander berühren zu müssen oder miteinander zu reden oder uns auch nur anzusehen. Eine Musik wie das Abbild unserer Beziehung: zusammen, aber doch allein.

Deshalb haben wir den Stier bei den Hörnern gepackt, als Bon uns erzählte, dass ein DJ Electro im Coco Bongo, einem der beiden Nachtclubs des Hotels, auflegt.

Als wir im Club ankommen, blendet uns violettes, grünes und goldenes Stroboskoplicht. Mal bewegt es sich langsam durch den Raum, mal blitzt es kurz hintereinander auf. Es ist noch nicht einmal 20 Uhr, doch die Tanzfläche ist wie elektrisiert, voller schwitzender Menschen, die sich zum Beat des DJs in alle Richtungen bewegen. Der DJ hat sich am Ende der Bar eingerichtet, er trägt eine Sonnenbrille in Herzform, hat den Kopfhörer zwischen Ohr und Schulter geklemmt und lächelt zufrieden.

Ich drehe mich zu Hugo, zeige mit den Daumen zur Bar, um ihm zu bedeuten, dass ich uns etwas zu trinken besorge.

»Was willst du?«, schreie ich wegen der lauten Musik.

Sein Mund bewegt sich, aber ich kann ihn nicht verstehen.

»Einen Banana Mama?«

Er schüttelt frustriert den Kopf, kommt einen Schritt näher und ruft sein Wunschgetränk noch einmal lauter.

»Achso, einen Banana*rula!* Sag das doch gleich!«

Ich habe vergessen, dass Hugo diesen Cocktail mit Bananen- und Amarulasahnelikör mag. Etwas, das man in einer Beziehung besser nicht vergisst.

Er signalisiert mir, dass er tanzen möchte. Mit nach vorne gestreckten Armen bahnt er sich einen Weg durch die Menge wie ein Geist, der durch eine Wand läuft.

Fast erleichtert, ihn verschwinden zu sehen, streiche ich mir eine Strähne hinters Ohr und bahne mir einen Weg zur Bar. Gerade habe ich meine Ellenbogen auf die Theke gestützt, da höre ich, wie jemand meinen Namen ruft.

»Yuyuuu!«

Es ist Bon. Mein Herz beginnt zu rasen, meine Wangen werden rot.

»*¡Buenas noches!*«, rufe ich ihm aufgeregt zu.

»Was? Du musst lauter sprechen …«

Er zeigt auf die Schaumstoffstöpsel in seinen Ohren, die ihn vor den Dezibel schützen sollen. Auch mit zugestopften Ohren- und Nasenlöchern finde ich ihn zum Anbeißen. Ich beuge mich zu ihm, presse meine Brust an seinen Oberkörper, lege meine Lippen sanft auf sein Ohr und wiederhole: »*BUENAS. NOCHES.*«

Bon lacht kurz auf und verbeugt sich scherzhaft wie ein Höfling.

»Ich hoffe, du hast Spaß!«, schreit er.

Ich hebe beide Daumen hoch und lächle breit.

»Wo ist dein Mann?«

»Irgendwo da«, sage ich und zeige auf die vielen Körper auf der Tanzfläche.

Die Nachtschwärmenden sind nur noch ein Wald aus hochgereckten Armen, die sich wellenförmig, wie in Trance, hin und her wiegen. Der DJ spielt eine House-

Version von Elvis Presleys *Suspicious Minds*. Die Menge reagiert ekstatisch und stimmt in den Refrain ein, den der DJ in einer witzigen Schleife wiederholt. Er lächelt vor sich hin, stolz auf seine Akustikfalle, in der er seine Marionetten gefangen hat: »*We're caught in a trap … I can't walk out … We're caught in a trap …*«

Wenn das Leben die Kunst imitiert.

Ich lehne mich wieder zu Bon, hole tief Luft und stelle ihm die Frage, die mir seit Tagen durch den Kopf geistert.

»Weißt du noch, wie du mir am Pool gesagt hast, du könntest mir ›Substanzen‹ besorgen, die mir helfen, im Urlaub Spaß zu haben?«

»Wie könnte ich das vergessen?«

»Na ja, wie soll ich sagen … Ich denke, ich würde dein Angebot gerne annehmen.«

Seine Mundwinkel ziehen sich nach oben, seine Augen funkeln schelmisch.

»Du klopfst an die richtige Tür, Yuyu. Doch bevor wir loslegen, eine wichtige Frage: *Upper* oder *Downer?*«

»Was?«

»Willst du dich entspannen oder durch die Decke gehen?«

»Ich will tanzen, als gäbe es kein Morgen mehr.«

»Wunderbar. In diesem Fall würde ich dir Methylendioxymethylamphetamin verschreiben. Alias MDMA, alias Molly, alias Hug Drug, alias Ecstasy, alias E.«

»Frage einer Anfängerin: Das ist doch ungefährlich, oder?«

»Null Risiko. Dein Gehirn wird nur mit Serotonin geflutet. Das ist alles. Dadurch fühlst du dich leicht und fröhlich, bist voller Energie und strahlst vor Selbstbewusstsein. Du wirst wahnsinnig viel Spaß haben – Bonwort.«

Zur Untermauerung legt er sich die Hand aufs Herz. Mein Verstand sagt mir: Dieser Typ ist so schmierig. Trotzdem bekomme ich eine Gänsehaut unter seinem feurigen Blick.

»Das klingt fantastisch. Ist es darin enthalten?«

Ich schwenke das leuchtend gelbe Papierarmband, das mir bei der Ankunft ums Handgelenk gebunden wurde, damit ich alle Vorteile des Hotels genießen kann.

»Leider nicht. Aber ich kann es auf deine Zimmerrechnung setzen.«

»Ist das ein Scherz?«

»Ja. Du zahlst einfach später, ich vertraue dir. Ich weiß ja, wo du schläfst! Du kriegst es außerdem für zehn Mäuse … ein Freundschaftspreis. Weil du es bist, Yuyu.«

Auch wenn er das bestimmt zu allen sagt, möchte es ein Teil von mir glauben.

»Bei dem Preis nehme ich zwei. Noch eine für Hugo.«

»Er will auch?«

»Keine Ahnung, aber ich will mich heute amüsieren.«

»Oh là là.«

Bon schaut sich wie beiläufig um, öffnet dann unauffällig seine Bauchtasche und holt zwei neongrüne Gummibärchen heraus. Unter der Theke sucht er nach meiner Hand und legt mir die beiden Minibären hinein. Unsere feuchten Finger verharren länger beieinander als sie müssten.

»*Enjoy the ride*«, sagt er und zwinkert mir komplizenhaft zu.

Ich möchte etwas erwidern, doch er hat sich bereits umgedreht. Ich bekomme einen Kloß im Hals, als ich sehe, wie er mit anderen Kundinnen spricht, die sich wie Groupies an ihn schmiegen. Er gibt mir das Gefühl, als hätte er nur Augen für mich. Aber vermutlich hat jede Gringa, die ihm im Hotel begegnet, Schmetterlinge im Bauch.

Ich mache den Barkeeper auf mich aufmerksam, bestelle einen Bananarula für Hugo und einen Vodkatini für mich. Als er sie mir hinstellt, werfe ich mir einen der grünen Bären in den Mund, als wäre er eine Vitaminpille und spüle ihn wie selbstverständlich mit einem Schluck meines Drinks hinunter. Den anderen Bären werfe ich heimlich in Hugos Glas und beobachte, wie er sich in der milchigen Flüssigkeit auflöst.

Ich lächle dem Barkeeper zu und mit einem Glas in jeder Hand begebe ich mich auf die Suche nach meinem Mann. Mal sehen, wie er auf meine kleine Überraschung reagiert.

Céleste ist eine tolle Babysitterin.

Als Erstes haben wir uns mit Mamas Nagellack die Fußnägel lackiert. Danach habe ich sie überredet, für mich Modell zu stehen. Sie liegt auf dem Sofa und hat in der halben Stunde, in der ich sie auf meinem Etch A Sketch zeichne, nur ihre Lider bewegt. Ein Traummodell. Sie ist wunderschön, auch wenn ihre Augen immer ein bisschen traurig aussehen. Im Licht leuchten sie in hellem Kastanienbraun, aber im Dunkeln sind sie so schwarz wie Teer.

Um ihren Hals entdecke ich eine Kordel, an der ein Stück brauner Stoff hängt. Als ich sie frage, was das ist, reibt sie es zwischen den Fingern und sagt: »Das? Das ist nur mein Skapulier.«

»Was ist ein Skapulier?«

»Ein kleines Objekt, das ich bei mir trage. Indem es mich juckt und kratzt, erinnert es mich jeden Tag daran, mein Kreuz zu tragen.«

»Wie die Wollstrümpfe, die mir Oma immer zu Weihnachten schenkt. Sie jucken und kratzen auch.«

Céleste hält sich den Bauch vor Lachen, auch wenn ich gar nicht witzig sein wollte.

Als es Zeit fürs Bett ist, putze ich mir vor dem Spiegel im Bad die Zähne und denke an Célestes Skapulier. Ich bin nicht sicher, ob ich das Prinzip verstanden habe. Das Leben schmerzt doch schon genug, man müsste eine echte Masochistin sein, wenn es einen noch mehr piksen soll. Ich spucke die Zahnpasta ins Waschbecken, spüle den Mund aus und wische ihn mir an meinem Nachthemd ab, einem alten, abgetragenen, löchrigen T-Shirt mit der Erde darauf, um die sich der Schriftzug *Fridays for Future* legt. Mama hat es mir vor Jahren zum Geburtstag geschenkt.

Als ich das Bad verlasse, schläft Céleste vor dem Fernseher. Leise läuft die spanische Version von *Glücksrad*. Die begeisterte Menge, deren Applaus kaum zu hören ist, sieht lustig aus.

Ich ziele mit der Fernbedienung auf das Gerät, um es abzuschalten, der Bildschirm wird schwarz. Céleste schnarcht auf dem Sofa. Ich lege eine Decke über sie, damit sie es schön »cozy wozy« hat, wie mein Vater sagen würde. Apropos mein Vater: Ich lege mich in sein Bett, denn wenn ich in seinem bin und Céleste auf dem Sofa, muss er vielleicht mit Mama in einem Bett schlafen. Ich weiß nicht, wann sie sich das letzte Mal eines geteilt haben. Papa schläft, solange ich mich erinnern kann, auf der Schlafcouch im Keller.

Wie ein Stern strecke ich Arme und Beine weit von mir und starre an die Decke. Aus der Hoteldisco dröhnen die Bässe, dass die Fenster klirren. Ich versuche mir vorzustellen, wie meine Eltern zusammen tanzen. Mir fällt nur ein Line Dance ein, bei dem die Leute Cowboyhüte tragen und sich mit großem Abstand zueinander zur Musik bewegen.

Das Klirren scheint Céleste nicht zu stören, sie schnarcht weiter. Ich kann nicht einschlafen. Nach einigen Minuten, in denen ich mich unter der Decke hin und her gewälzt habe, stehe ich auf, sehe zu meiner Aufpasserin und schleiche mich aus dem Zimmer.

Ich gehe hinunter zu einem der Pools, in dem ein Mann mit einer Badekappe, Schwimmbrille und natürlich auch einer Nasenklammer seine Bahnen zieht und dabei große, träge Kraulbewegungen macht. In einer Ecke des Pools umarmt sich ein Paar. Im Unterwasserlicht schillern ihre verschwommenen Beine türkis. Am Poolrand sitzt ein Junge – jünger als ich – mit einer Melone auf dem Kopf. Er versucht, den Turteltauben irgendwelchen Kram und Zigaretten aus einer Holzkiste anzudrehen, die er mit sich herumschleppt.

»Zigaretten?«, fragt er sie und hält sich dabei zwei Finger vor die Lippen. »Oder eine Sonnenbrille … eine echte *Ray-Ban?*«

Die beiden schütteln freundlich den Kopf, schenken ihm ein zahnloses Lächeln.

»Eine Walkette vielleicht? Selbst gemacht, aus einem Zahn von dem Wal, der hier gestrandet ist. Eine schöne Erinnerung … einzigartig!«

»*No, gracias*«, murmelt der Mann und legt seinen Arm noch enger um die Taille der Frau.

Durch das Wasser hüpfend, entfernt sich das Paar von dem Straßenverkäufer. Der Junge seufzt, greift traurig an seinen Hut und dreht sich weg. Als er aufschaut, sieht er mich und kommt auf mich zu.

»Willst du eine Schachtel Zigaretten?«

Ich schüttle langsam den Kopf.

»Dann vielleicht eine Kette aus dem Zahn eines Wals?«, fragt er weiter und zeigt auf ein schmutzig beiges, hartes und faseriges Stück Zahn mit einem kleinen Loch, durch das ein Lederband gezogen wurde.

Ich frage mich, ob ein Walzahnanhänger genauso kratzt wie ein Skapulier.

»Na gut. Aber ich habe kein Geld dabei.«

»*No pasa nada.* Dann gibst du es mir morgen. Ich bin jeden Tag hier.«

»Wie viel?«

»Sechs Dollar, aber ich gebe es dir für fünf … Feierabendrabatt, weil du heute meine letzte Kundin bist.«

»Das ist nett.«

Er bindet mir die Kette um den Hals, macht einen Schritt zurück und pfeift beeindruckt.

»Steht dir gut.«

»Du kannst pfeifen?«

»Na klar, ist doch pipifax.«

Er holt tief Luft und pfeift eine Melodie.

»Du bist gut.«

»Kannst du das etwa nicht?«

»Nein. Aber ich kann malen.«

»Echt? Zeig mal.«

Er nimmt eine Schachtel Pall Mall aus seiner Holzkiste, entfernt das Plastik, kippt die Zigaretten aus. Dann reißt er den Karton auseinander und hält mir die Innenseite zusammen mit einem Kugelschreiber hin.

»Mal mich! Mal mich!«, fordert er mich mit sanfter Stimme auf.

Er legt sich seitlich auf eine der vielen Liegen rund um den Pool und stützt seinen Kopf auf die Hand. Wie Kate Winslet in *Titanic*. Ich setze mich im Schneidersitz auf den Fliesenboden und zeichne mit schnellen und genauen Strichen auf dem Karton. Meine Augen springen zwischen Modell und Zeichnung hin und her. Ich male seine nussbraunen Augen, die Stupsnase und die leicht lächelnden Lippen. Dann mache ich mich an seinen komischen Hut. Ich will gerade die fettigen Haarbüschel ergänzen, die unten herausgucken, als ich höre, wie jemand lauthals nach mir ruft.

Ich drehe mich um und sehe sofort Céleste, die mit großen Schritten auf mich zukommt. Sie bleibt keuchend vor mir stehen, überragt mich in ihrer ganzen Größe. Sie ist zornig und besorgt, presst mit zittriger Stimme hervor: »Ava … Zurück mit dir aufs Zimmer. Aber flott.«

»Aber ich bin noch nicht …«

»ABERFLOTT.«

Ihre Augen flackern vor Wut.

Ich gehorche, stehe mit gesenktem Blick langsam auf und gebe dem Jungen den Zigarettenkarton mit seinem unfertigen Porträt.

»Tut mir leid, dass es nicht fertig ist«, stammle ich.

»Quatsch, das ist voll gut! Das ist mir ja wie aus dem Gesicht geschnitten.«

Ich winke ihm zum Abschied und schlurfe in Richtung Fahrstuhl. Bevor Céleste mir folgt, richtet sie sich noch an den Jungen: »Und du, müsstest du nicht auch schon längst im Bett sein?«

»*Sí, mamá, sí*«, antwortet er mit rollenden Augen. Er

rückt sich seinen Hut zurecht, springt von der Liege, schnappt sich seine Verkaufskiste und verschwindet in die Nacht.

Im Fahrstuhl herrscht zwischen Céleste und mir eine unangenehme Stille. Endlich stößt sie einen tiefen Seufzer aus.

»Und wenn … das unter uns bleibt?«, fragt sie und schaut dabei auf ihre Füße.

»Wie ein kleines Geheimnis?«

»Genau so. Ein kleines Geheimnis.«

Céleste hebt die Hand zum High Five. Ich zögere erst, aber kurz bevor die Türen aufgehen, schlage ich ein, so fest ich kann.

CÉLESTE

Als wir wieder auf dem Zimmer sind, stürmt Ava ohne Murren zum Bett ihres Vaters und legt sich hinein. Alles zurück auf Anfang.

Da ich ihr nicht traue, halte ich auf einem Stuhl in der Zimmerecke Wache. Mit verschränkten Armen und viel Geduld behalte ich sie im Auge, bis sie eingeschlafen ist. Nach etwa fünfzehn Minuten werden ihre Lider schwer, ihre Atmung verlangsamt sich. Gewonnen.

Ich stehe leise auf und schleiche mich auf den Balkon. Behutsam ziehe ich die Schiebetür hinter mir zu, stütze mich mit den Ellenbogen auf dem Geländer ab und betrachte die Palmen, die in der lauen Luft tanzen, und die Fledermäuse, die im Dunkeln umherflattern. Die Wolken ziehen über den Himmel, verbergen mal die Lichter eines weiteren Flugzeugs voller Touristen, mal nicht. In der Ferne blinken die Lichter der Ölplattform in einem unbehaglichen Orange. Ich fasse an mein Skapulier, drücke es gegen meine Brust und reibe es hin und her. Es fühlt sich schroff auf meiner Haut an – rau und angenehm zugleich.

Wie konnte ich nur so dumm sein und Ava auf diese Weise entwischen lassen? Bei der einzigen Aufgabe einer Aufpasserin – aufpassen – habe ich kläglich versagt.

Ich ertrinke wieder in Schuldgefühlen und reibe mein

Skapulier so schnell und energisch, dass meine Haut zu brennen beginnt.

Als ich wieder ins Zimmer gehe, sitzt sie auf dem Sofa: der Geist von 18A. Sie kichert und verspottet mich leise. Die Sandale, die ich auf sie schleudere, fliegt einfach durch sie hindurch. Sie wirft ihren Kopf in den Nacken und krümmt sich vor Lachen – ein stummes, verdorbenes Lachen, das mich gegen die Wand drückt und mein Herz zusammenschnürt.

WALDEMAR

Trotz seiner kaputten Nase weiß Señor Villarey ganz genau, dass der strenge Walgeruch – entgegen jeder Logik – noch da ist und dass er weiterhin die Gäste vergrault. »Waldi«, hat er mich angeschrien, »du musst diesen Exodus beenden! In diesem Geruchskrieg einen Zahn zulegen!«

Villarey macht mir nonstop Druck. Heute war es besonders schlimm.

Ich fuhr mit dem Cart das Hotelgelände wie ein kopfloses Huhn hoch und runter und versuchte, diesen entsetzlichen Gestank ein für alle Mal zu vertreiben. Ich brachte an den undenkbarsten Ecken Ventilatoren an. Ich verdoppelte die Anzahl der Räuchergefäße und Duftzerstäuber in den Fluren, verdreifachte die der duftenden Tiki-Fackeln am Strand. Ich verteilte mehr Nasenklammern als Kondome beim Karneval in Rio. Ich sprühte so viele Parfummoleküle in die Luft, wie es in den Laboren von Chanel, Dior und Givenchy zusammen gibt.

Aber es stinkt noch immer. Ein hartnäckiger, entsetzlicher Geruch.

Erschöpft vom Tag gehe ich in die Umkleideräume im Keller des Hotels. Ich grüße ein paar Kollegen, öffne meinen Spind und lockere seufzend meine Krawatte. Ich ziehe das Jackett mit den fransigen Epauletten aus und auch die Hose mit den goldenen Streifen an der Seite. Beides hänge ich auf, die Handschuhe behalte ich aber an – eine unerklärliche Angewohnheit, die ich nicht mehr ablegen kann. Ich schlüpfe in eine alte Jeans und ein abgetragenes, kurzärmeliges Hemd. Dann schließe ich den Spind, schultere meinen Rucksack und verlasse den Raum – ein freier Mann. Ich biege um die Ecke, laufe den langen Flur entlang, vorbei an der Wäscherei. Und dort stoße ich auf Belén, die auf einem Berg gewaschener, gebleichter Betttücher liegt. Paloma, eine Kollegin von uns, kniet neben ihr. Sie streicht ihr sanft über die Stirn.

»Einer ihrer Anfälle?«, frage ich.

Paloma nickt.

Belén sieht blinzelnd zu mir. Sie flüstert: »Waldi?«

»*Hola, corazón*. Mein Dornröschen.«

Paloma rollt genervt die Augen und seufzt. Ich flüstere ihr vertraulich zu: »Schon gut, ich übernehme jetzt. Du kannst gehen.«

»Belén?«, fragt Paloma, unsicher, ob sie mir ihre Freundin anvertrauen kann. »Ist es okay, wenn Waldemar übernimmt?«

Nicken.

»Hm … Aber wenn was ist, schreibst du mir, okay?«

Nicken.

Paloma richtet sich zögerlich auf. Sie sieht mich skeptisch an, sagt, ich solle gut auf Belén aufpassen, dann kehrt sie zu ihrer Arbeit zurück.

Belén blinzelt noch immer, fixiert die flackernde Neonröhre an der Decke, und beginnt in einem gleichgültigen, fast chirurgischen Ton zu sprechen: »Wir haben gestern telefoniert, Óscar und ich. So wie jede Woche. Seit Jahren ist es dasselbe Gespräch. Er fragt, wie es mir geht. Ich antworte, gut und dir? Er sagt, dass er zurechtkommt, wie immer, auch wenn ihn sein Rücken quält, weil er auf den kalifornischen Erdbeerfeldern wie ein Maultier schuftet. Darauf sage ich, dass ich ihn mit Rapsöl massieren würde, wenn ich da wäre, und dass er mir fehlt. Er sagt, du fehlst mir auch, fragt, ob ich was zum Schreiben habe. Ich sage ja, ich kenne ja den Ablauf, ich habe einen Stift, werde mir auf die Hand schreiben. Er diktiert mir die zehn Zahlen für die Banküberweisung. Ich wiederhole sie eine nach der anderen … Als ich gestern bei der siebten Zahl ankam, hörte ich im Hintergrund ein Baby weinen und eine Frau, die fragte: ›*¿Con quién estás hablando, Óscar?*‹ Da kam mein Mann auf einmal ins Rudern, tischte mir irgendeine Geschichte über diese Frau und dieses Baby auf, aber es war zu spät. Ich fühlte mich, als hätte mich ein Laster überrollt, ich hielt einen Schrei zurück, ich zitterte, war sprachlos, das Telefon rutschte mir aus der Hand …«

Nach einer gefühlten Ewigkeit fasse ich ihr vorsichtig an die Schulter. Ich leide mit ihr und möchte diesen Nichtsnutz von Ehemann einfach auseinandernehmen.

»Oh Belén, es tut mir …«

Weiter komme ich nicht, weil sie mich plötzlich zu sich zieht und ihren Mund auf meinen drückt.

Ein Traum.

Meine Gedanken überschlagen sich, doch dann gebe ich mich wie im Rausch ihren Lippen hin. Meine Zunge erkundet auf dieser Jungfernfahrt die Eisenstreben ihrer Spange – ein glitschiger Mix aus Metall und Nässe.

»Lass uns woanders hingehen«, flüstert sie mir ins Ohr.

Ich reiche ihr meine Hand und helfe ihr auf.

So schleichen wir zur Abstellkammer gleich nebenan. Belén öffnet sie mit ihrem Generalschlüssel im Handumdrehen.

Aber die Kammer ist schon besetzt – von keinem Geringeren als Luis Miguel. Er wird gerade heftig umturtelt, eine Aufmerksamkeit unseres Kollegen Álvaro.

Die in flagranti Ertappten schreien erschrocken auf.

»Könnt ihr nicht anklopfen!?«, wettert Luis Miguel und zieht schnell die Hosen hoch.

»Du klei-ner Schla-wi-ner«, sage ich mit einem Lächeln und mache die Tür wieder zu.

Belén und ich lachen laut auf, dann nehme ich ihre Hand.

»Komm!«, sage ich und küsse ihren Handrücken. »Ich habe den perfekten Ort für uns.«

Ich bin ein Eidechsenmann, der bäuchlings über die Tanzfläche kriecht.

Ich schlängle mich durch Beine wie durch Viadukte aus Fleisch – manchmal behaart, häufig glatt, immer schweißnass. Wie in einem Elitekommandoeinsatz stütze ich mich auf meine Unterarme und kneife konzentriert die Augen zusammen. Je weiter ich vordringe, desto mehr offenbart sich mir die Beschaffenheit des Bodens: Bierlachen, ein verlorener Ohrring, unidentifizierbare klebrige Stellen und jede Menge Sand vom Strand, den Sandalen herangetragen haben.

Wenn mich die Tanzenden entdecken, kugeln sie sich vor Lachen – und ich mich in alle Richtungen. Auf einmal ist alles so lustig und leicht. Der Bananarula, den Juju mir gebracht hat, muss sehr stark gewesen sein. Ich schwebe, gekitzelt von einer Milchstraße aus kleinen Lichtern. In meinen Adern fließen blaue Himmel, in meinem Kopf verflüssigen sich tausend Kaleidoskope, senden eine samtweiche Wärme bis in meine Zehen. Die Moleküle in meiner Haut dehnen sich aus, ich werde zu einer riesigen Liebeskugel, die die ganze Welt küssen möchte. Das mache ich auch – wortwörtlich –, indem ich jedem nackten Bein in der Nähe einen Kuss aufdrücke. Die meisten lachen nur, lassen es einfach geschehen, andere schrecken zurück und einige (vor allem die besonders haarigen) verpassen mir einen harten Tritt in die Rippen und schieben allerlei Beschimpfungen nach. Doch in mir ist nur Liebe und so liebe ich sie trotzdem. Gott, wie ich meine Mitmenschen *liiiiebe!* Sogar die, deren Schuh locker sitzt.

Ich erreiche das Ende der Tanzfläche. In meinen Ohren dröhnt ein tiefer Bass, heftige Vibrationen erschüttern meine Knochen. Über mir ist eine riesige Lautsprecherbox. Sie spuckt den Elektro-Remix einer Cumbia aus.

Mich packt die Tanzlust.

Als ich mich mit der Eleganz eines betrunkenen Nilpferdes aufrichte, kommt mir die Box gigantisch vor. Sie geht mir bis zu den Schultern. Ich mache ein paar Schritte zurück und setze mit voller Kraft zum Sprung an, um mich auf sie hinaufzuschwingen. Ich schaffe es nicht ganz, knalle mit dem Oberkörper auf die Kiste, meine Beine baumeln in der Luft. Da hänge ich nun und kann weder hinunter noch hinauf. Zwei Tänzerinnen lachen sich tot, eilen mir aber zu Hilfe: Die eine schiebt mich am Po, die andere packt mich an den Waden.

Mit Hilfe der beiden guten Samariterinnen hefte ich meine Fußnägel gegen den Plastikrand und erklimme den wummernden Monolithen. Ich richte mich auf, stolz wie ein Bergsteiger, der gerade den Everest bestiegen hat. Vom Mount Subwoofer aus betrachte ich die wimmelnde, schwitzende Menge auf der Tanzfläche unter mir. Ihre Energie steckt mich an, verleiht mir ein fieberhaftes Selbstvertrauen. Ich tanze, schwinge die Hüften, hebe die Arme und lasse sie wie Algen hin und her wiegen. Ich werfe meinen Kopf von links nach rechts – ohne Rücksicht auf die Zöpfe, die mir dabei ins Gesicht schlagen.

Wie von allein beginnen meine Hände, mich auszuziehen. Sie knöpfen mein verschwitztes Hawaiihemd auf, wirbeln es wie ein Lasso zwei Mal über meinem Kopf und werfen es in die Menge. Die pfeift und schreit, spendet aufmunternden Beifall, was mich über das ganze Gesicht strahlen lässt. Weil ein Striptease, der seines Namens würdig ist, nicht nach der Hälfte vorbei sein kann, werfe ich meine Zöpfe nach hinten und bewege meine Hände so aufreizend wie möglich zu meiner Hose. Da sie nur einen Gummibund und keinen Gürtel hat, hätte ich gedacht, das klappt im Handumdrehen. Doch mein Gleichgewicht ist nicht mehr so sicher wie zu meiner Zeit als Eiskunstläufer: Als ich ein Bein hebe, kippe ich fast um. Es dauert etwas länger als gedacht, aber schließlich schaffe ich es, und die Hose fliegt in die begeisterte Menge, die scheinbar noch mehr will. Ich lächle albern, drehe mich einmal im Kreis und präsentiere das Hauptgericht: meinen weißen Fruit-of-the-Loom-Slip. Oh, und auch weg mit der Nasenklammer, die ich mir vom Gesicht reiße und in die Menge schnippe – zum Entsetzen der Frau, auf deren Stirn sie landet. Mein Obstslip ist reif, ich bereite mich auf den Höhepunkt der Nummer vor. Kaum habe ich ihn ein Stückchen heruntergezogen, stürzen zwei bullige Rausschmeißer auf mich zu und holen mich von der Box.

»*¡Basta!* Schluss mit Ihrer kleinen Show. Das ist ein *familien*freundlicher Club.«

Ich bin empört, halte ein überschwängliches Plädoyer für die Schönheit körperlichen Ausdrucks, für Performancekunst und für Yves Klein, doch die beiden Gorillas wollen nichts davon hören. Sie schieben mich zum Ausgang, was ich ihnen erschwere, indem ich mich tot stelle, die Füße schleifen lasse, mich schlaff und schwer mache wie ein Klimaaktivist, den die Polizei bei einer Demo festgenommen hat.

Humpty und Dumpty schleifen mich am Gang vorbei, der zu den Toiletten führt. Aus dem Augenwinkel sehe ich etwas Vertrautes – wohl eher jemand Vertrautes. Als ich den Kopf drehe, überkommt mich eine Welle des Ekels. Da lehnt meine Frau an der Wand und verschlingt leidenschaftlich diesen Bon.

Meine Beine werden weich – auch wenn ich sie ohnehin schon hinter mir herschleife. Mein Magen verwandelt sich in einen durchgeknallten Tintenfisch, der sich seine eigenen Tentakel in den Mund stopft und schließlich zu einer schwarzen Wolke explodiert. Gerade als ich all meine Wut und den Schmerz herausschreien will, schmeißen mich Humpty und Dumpty aus dem Club. Gefolgt von meinem Hemd, meiner Hose – und meiner Nasenklammer.

Ich stehe gleich wieder auf und sprinte zurück zum Eingang. Aber Humpty und Dumpty sind wie eine Mauer, blocken mich ab und stoßen mich umso heftiger auf den Strand.

Ich bleibe völlig durcheinander auf dem Rücken liegen.

Meine Hände greifen in den kalten Sand, umschließen

ihn und lassen ihn sanft an beiden Seiten meines Körpers herabrieseln.

Die tiefblauen Wellen brechen sich unberührt in schaumgefranste Kräusel.

Ich betrachte die sternenlose Nacht, das rote und weiße Blinken eines Flugzeugs voller Urlauber im Landeanflug. Ob sie hier finden werden, wonach sie suchen? Ich würde es ihnen aufrichtig wünschen. Auf einmal fühle ich mich so dumm und blöd und naiv – so unglaublich *naiv* –, weil ich dachte, zehn Tage Cluburlaub könnten meine Beziehung retten. Stattdessen hat er die Kluft zwischen uns ins Licht gerückt. Die breite, schwindelerregende, unüberbrückbare Kluft. Mir schießen Tränen in die Augen, ich lasse ihnen freien Lauf. Eine Träne tropft lautlos auf den Sand. Die Flugzeuglichter am Himmel verschwimmen zu großen, feuchten Flecken. Ich schluchze still vor mich hin, schließe die Augen. Eine Weile verharre ich so in einer Art Wachschlaf, aus dem ich plötzlich gerissen werde, weil ich etwas Raues und Nasses an meiner Wange spüre. Mit einem Ruck öffne ich die Augen und erschrecke, als ich feststelle, dass es die Zunge eines Nasenbären ist, der mir die salzigen Tränen ableckt. Das Tier weicht zurück, beobachtet mich mit seinen kleinen Knopfaugen. Ich stütze mich auf einen Ellenbogen, starre ihn an und sage: »Hattest wohl Durst, was?«

Er neigt seinen Kopf zur Seite, mustert mich neugierig.

»Geht mir auch so«, sage ich mit trockenem Mund. »Dann lass uns mal was zu trinken besorgen.«

Als ich aufstehe, wische ich mir den Sand von den Beinen, den Pobacken … erinnere mich, dass ich nur einen

Slip anhabe. Ich sammle mein Hemd, meine Shorts und meine Nasenklammer zusammen, die verstreut umherliegen. *Shit.* Meine Crocs sind noch im Club.

Egal, ich hole sie morgen.

Der Sand unter meinen Füßen ist jedenfalls erfrischend und angenehm, also gehe ich los. Der Nasenbär folgt mir wie ein Hund seinem Herrchen. Ich erlaube mir einen Spaß und werde schneller – der Nasenbär hüpft mir hinterher. Ich laufe rückwärts – der Nasenbär auch. Ich stolpere ins Wasser, plansche in den Wellen. Der Nasenbär ist wie mein Schatten. Ein lustiges Kerlchen.

Mein neuer Freund und ich tollen so über den Strand, bis wir die gesuchte Oase erreichen: eine Tiki-Bar aus Bambus mit einem Palmendach.

Ich verkünde: »Jetzt besorgen wir uns was zu trinken.«

Als hätte mich der Nasenbär verstanden, leckt er sich die Lippen und wackelt mit seinem gestreiften Schwanz.

Weil der Barkeeper meinen Gesprächspartner nicht sieht, beugt er sich über den Tresen. Als er versteht, um wen – um *was* – es sich handelt, murmelt er etwas auf Spanisch, dann sagt er zu mir: »Wenn du nach einem Haustier suchst, besorg dir eine Katze. Diese Tiere sind eine Pest. Voller Flöhe und Läuse. Und außerdem haben sie Mundgeruch.«

»Wem sagst du das. Aber er duftet wie Rosen im Vergleich zu dem modrigen Walgestank, der uns immer noch das Leben verpestet.«

»Das stimmt wohl«, pflichtet mir mein Gegenüber seufzend bei und deutet auf seine eigene Nasenklammer. »Also, was darf es sein?«

»Zwei Margaritas.«

Der Gedanke, einem Gringo und einem Säugetier mit gestreiftem Schwanz Cocktails zu servieren, lässt den Barkeeper den Kopf schütteln. Er stellt zwei Gläser auf den Tresen, versieht sie mit einem feinen Salzrand, kippt Tequila und Orangenlikör in einen Shaker mit Eis und gibt noch etwas Zitronensaft dazu. Als er den Mixbecher schüttelt, spiegelt der Nasenbär das Auf und Ab mit seinem Kopf. Der Barkeeper gießt den Cocktail durch ein Abtropfsieb in die Gläser und verziert sie noch mit einer Zitronenscheibe.

»*¡Salud!*«, sagt er mit müder Stimme, als er sie zu mir schiebt.

»*¡Salud!*«

Ich stelle eine Margarita neben Herrn Nasenbär in den Sand. Er stürzt sich auf sie, schleckt in kürzester Zeit das Salz vom Rand, fasst das Glas mit seinen schiefen Nägeln und leert es in einem Zug. Dann hebt er seine lange Schnauze in meine Richtung und schaut mich dankbar an.

Ich bestelle zwei weitere Margaritas, und kurz darauf noch zwei … Die anderen Bargäste lachen sich krumm, weil ich einem tropischen Waschbär Drinks ausgebe.

»Gut … jetzt hast du … keinen Durst mehr … was?«, lalle ich sturzbetrunken.

Der Nasenbär kann sich kaum auf den Pfoten halten – ich wanke auch ganz schön.

»Na los, mein Freund … Zeit, nach Hause zu gehen …«

Das sturzbetrunkene Tier schaukelt hin und her, taumelt und fällt schließlich rückwärts in den Sand.

»*Naaasenbäääär!*«, rufe ich und merke, wie mir das Wort wie in Zeitlupe zäh aus dem Mund fließt.

Ich bücke mich nach ihm und lege ihn mir zärtlich auf den Arm. Der Barkeeper und die anderen Gäste sehen mich an, als wäre ich übergeschnappt. Ich wiege mich in der Wärme des Nasenbärs, statt in der meiner Frau, wünsche eine gute Nacht und laufe über den Strand.

Ich komme voran – klar, im Zickzack, aber voran. Es fühlt sich an wie eine Ewigkeit, wie ich mit schweren Schritten durch den Sand stapfe. Insgeheim hofft ein Teil von mir, Frau Giraffe anzutreffen.

Ich erreiche das Ende des Strands. Als ich hochschaue, erkenne ich, dass ich am Fuß des Hügels bin, auf dem das Hotel erweitert wird. Ich sehe den im Bau befindlichen großen Flügel, an dem ein großer Kran steht. Zu meiner Überraschung schwankt er leicht, aber es weht kein Wind. Und selbst wenn, würde ein Kran nicht so schaukeln. Komisch. Meine Augen spielen mir bestimmt einen Streich, wahrscheinlich ist es nur eine Halluzination infolge der vielen Hektoliter Alkohol, die ich intus habe.

Als ich dann aber zu der Kabine sehe, kapiere ich, woher das Schwanken kommt. Ein Paar gibt sich einem brennenden Liebesspiel hin. Ich kneife die Augen zusammen, um dem Hin und Her besser folgen zu können, aber die beschlagenen Fenster verleiden mir das Vergnügen, ich kann nur zwei Schemen erkennen. Ein simples Detail an der Scheibe verrät sie dann aber doch: Waldemars Handschuh.

Dieser Waldemar … Endlich ist es ihm gelungen, seine Belén zu verführen. Wie sehr ich mich für ihn freue.

Freude, die mir sofort wieder meine eigene Traurigkeit vor Augen führt.

»Ich bin heute Abend wohl der Einzige, der keine Liebe erfährt«, flüstere ich dem Nasenbären zu, ohne den Kran aus den Augen zu lassen.

Er bewegt sich weiter sanft im Rhythmus der Palmen hin und her.

Ich muss rührselig seufzen, kraule den Nasenbären hinter dem Ohr und sehe ihn liebevoll an, meinen neuen haarigen Freund, der noch immer benommen und mit heraushängender Zunge in meinen Armen liegt.

Ich klopfe auf die Tasche meines Hawaiihemds, in die ich meine Zimmerkarte gesteckt habe. Sie ist noch da.

JUDITH

Ich weiß nicht, was in mich gefahren ist.

Dieses plötzliche und überwältigende Verlangen, Bon zu küssen. Sein hübsches, gebräuntes Gesicht in meine Hände zu nehmen, meine Lippen auf seine zu legen, unsere Körper miteinander verschmelzen zu lassen.

Als ich ihn in der Nähe der Toiletten des Coco Bongo stehen sah, ergriff ich die Gelegenheit. Ich überlegte, wie ich mich ihm annähern sollte, und entschied mich schließlich für den Klassiker: Fingertippen auf die Schulter. Bon drehte sich abrupt um, überrascht, wie dicht mein Gesicht an seinem war.

»Yu …«

Das zweite »Yu« erstickte ich mit einem drängenden Kuss. Weniger gekonnt, als ich es gewollt hätte – ich stand unter dem Einfluss von Ecstasy und Wodka –, aber der Wille war da.

Und Bon hat das begriffen.

Er fasste mir an die Schultern, lehnte sich zurück und sah mich halb geschmeichelt, halb verwundert an.

»*Eieiei*, Yuyu …«

Dann drückte er mich gegen die Wand und und küsste auch mich – mit einer kleinen, forschenden Zunge und einem minzigen Tic-Tac-Geschmack. (Auch wenn die Stöpsel in meiner Nase Gerüche abhalten, ist mein Geschmack noch intakt.) Das Blut, das in meinen Adern pulsierte, verschmolz mit der elektronischen Musik und dem Geplapper der Menschen, die um uns herum an der Toilette Schlange standen.

Unser leidenschaftlicher Kuss ließ mich die Zeit vergessen und jagte mir Schauer über den Rücken. Ich drückte mich noch enger an Bon, wünschte mir, dieser Moment würde nie zu Ende gehen … Doch dann drangen hysterische Schreie von der Tanzfläche zu uns und meine Aschenputtelkutsche verwandelte sich plötzlich wieder in einen Kürbis zurück. Bon löste sich aus der Umklammerung und schlüpfte in seine Rolle als Hotelangestellter. Er küsste mich ein letztes Mal und versprach mir, gleich wieder zurück zu sein.

»Natürlich … tu, was du tun musst«, täuschte ich Verständnis vor, wobei mein kühles Lächeln kaum meine Enttäuschung verbergen konnte.

Bibbidi-Bobbidi-Boo.

Der Grund für das Getöse war so morbide wie selten: Ein älterer Amerikaner hatte gerade den Macarena getanzt und war tot umgefallen. Ein Hasenhüpfer und eine Vierteldrehung zu viel und *hops*, ließ ihn sein Herz im Stich. Bon versuchte mit allen Mitteln, ihn wiederzubeleben – Herzmassage, Mund-zu-Mund-Beatmung –, aber er konnte nichts mehr tun. Er kniete neben dem Verstorbenen, um ihn herum die verblüffte Menge, und schüttelte den Kopf, als er nach dem Puls tastete, der nicht mehr schlug.

Er nahm das Walkie-Talkie von seinem Gürtel und sprach diskret hinein. Sofort kamen zwei große Männer vom Sicherheitspersonal angelaufen, legten ein weißes

Tuch über den Toten und brachten ihn in Windeseile fort.

Die Tanzenden waren vor Fassungslosigkeit verstummt, blieben wie angewurzelt stehen und tauschten ratlose Blicke aus. Sie hatten bei den »unvergesslichen Erfahrungen«, die ihnen im Nuevo Gran Palacio versprochen worden waren, bestimmt nicht an so etwas gedacht.

Das bedrückende Schweigen dauerte an, bis der DJ versuchte, den Abend zu retten: »Ha! Ich *wusste*, dass dieser Geruch noch jemanden umbringen würde … *But c'mon guys, the party must go oooooon!*«

Er beugte sich mit einer überraschenden Leichtigkeit wieder über seine Turntables. Die Nachtschwärmer schauten sich erst schuldbewusst an, aber die Musik verzauberte sie und vertrieb alle Verlegenheit. Hüften wurden wieder leicht geschwungen; Beine bewegten sich unruhig wie von selbst; Arme griffen langsam zurück in die Luft. Innerhalb kürzester Zeit wurde überall wieder getanzt, als wäre nichts gewesen, als wäre gerade kein Mensch von uns gegangen. Ich muss zugeben, dass *I Will Survive* eine gute Wahl gewesen ist, um die Stimmung zurückzubringen. Die Tanzenden, deren Lebensfreude durch diesen unerwarteten Todesfall angestachelt wurde, sangen Gloria Gaynors Worte, die plötzlich schockierend zweideutig waren, aus vollem Hals.

Aber ich habe keine Lust mehr zu tanzen.

Ich war sowieso noch nie ein Disco-Fan.

Außerdem ist Bon nicht mehr da.

Er war mit den Leichenträgern verschwunden, um sich um den noch warmen Körper zu kümmern.

Also verlasse ich die Disco, laufe allein den Strand entlang. Die kühle Nachtluft streichelt meine Haut, das Echo der Wellen klingt in meinen Ohren. Ich stelle mir den gespenstischen Umriss des Wals im Dunkeln vor. Ich denke an den Geist von Céleste und an den Mann, der gerade auf der Tanzfläche gestorben ist.

Dieser Cluburlaub stinkt nach Tod.

Ich taste meinen BH nach der Schlüsselkarte ab, die ich dort versteckt habe. Sie ist noch da.

Ich schleiche mich ins Zimmer. Lasse das Licht aus, um niemanden zu wecken. Als sich meine Augen an die Dunkelheit gewöhnen, verwirrt mich das, was ich sehe: Céleste schläft mit geballten Fäusten auf dem Sofa, Ava liegt in Hugos Bett und Hugo ausgestreckt wie ein Seestern in meinem.

Auf seinem Bauch ruht friedlich ein Nasenbär.

Die beiden schnarchen im Gleichklang, und mich überrascht nichts mehr.

Ich bin zu erschöpft, um mit dieser Situation umzugehen, ziehe mein Nachthemd an und schlüpfe zu Ava unter die Decke. Ich schmiege mich an sie und lege meinen Arm um ihre Taille. Liebevoll streiche ich über ihr feines Haar, frage mich, wovon sie in ihrem Engelsköpfchen wohl träumt.

Ich frage mich auch, was sie wohl von ihren Eltern denkt – ob sie es uns eines Tages nachtragen wird, dass wir unsere Ehe nicht retten konnten.

Durch das Fenster dringt das Rauschen der fernen Wellen und weckt mich langsam auf. Das erste Tageslicht fällt auf meine Lider, lässt sie erst zittern, dann auf- und zugehen. Ich spüre den Arm meiner Mutter auf meiner Taille. Damit ich ihr Gesicht sehen kann, drehe ich mich vorsichtig um. Wir liegen so dicht nebeneinander, dass ich ihren Atem auf meiner Wange spüre. Meine Mama ist so hübsch. Daran ändert auch der verschmierte Mascara nichts. Ich bewundere ihre geschwungenen Lippen; ihre perfekt gezupften Augenbrauen; ihre von der Sonne betonten Sommersprossen. Sogar auf den Augenlidern hat sie welche, die ich zum ersten Mal sehe.

Ich lege sanft ihren Arm beiseite und steige aus dem Bett.

Ein seltsamer Geruch kriecht in meine Nase – aber nicht der vom Wal. Es riecht anders, irgendwie nach nassem Hund. Ich schnüffle in der Luft. Als ich mich umdrehe, liegt zu meiner Überraschung mein friedlich schnarchender Papa im anderen Bett … und auf seinem Bauch liegt ein schlafender Nasenbär. Ich gehe näher heran, möchte das Tier streicheln, entscheide mich dann aber dagegen, weil ich es nicht wecken möchte.

Im Wohnbereich entdecke ich Céleste mit der Hand am Türgriff. Als sie mich sieht, legt sie sich einen Finger auf den Mund, zwinkert mir komplizenhaft zu und schleicht sich hinaus.

Eine Weile bleibe ich in der Mitte des Zimmers stehen, dann hole ich mein Etch A Sketch. Ich setze mich im Schneidersitz an die Schlafzimmerwand und zeichne den Nasenbär im Arm meines Vaters.

Mein Entwurf gefällt mir nicht. Ich schaffe es nicht, das Tier und meinen Vater voneinander abzugrenzen, es sieht aus, als hätte er einfach nur einen großen haarigen Bauch.

Genervt tue ich, was ich seit meiner Ankunft in diesem Hotel tue: Ich klaue meinen Eltern eine Schlüsselkarte und stehle mich davon.

Im Flur treffe ich auf ein paar Angestellte, die einigen Zimmern das Frühstück servieren, manche balancieren ein Tablett mit ausgestreckten Armen, andere schieben eilig einen Wagen.

Draußen laufe ich an zwei Gärtnern vorbei, die mit so etwas wie einem Sprührucksack auf dem Rücken Pestizide über einem Blumenbeet verteilen. Sie tragen Nasenstöpsel. Ich frage mich, ob sie das tun, um sich vor dem Geruch des Wals zu schützen oder ihre Lungen vor den Chemikalien.

Auf dem Hotelplatz entdecke ich den Eulentrainer von neulich. Er läuft aufgescheucht hin und her. So wie das weiße Kaninchen aus *Alice im Wunderland*. Er spricht panisch mit seinen Kollegen, aber ich verstehe nicht, was er sagt. Als er mich sieht, stürzt er auf mich zu. Seine Augen sind voller Sorge, seine Stirn mit Schweiß bedeckt.

»Dolores, meine Eule …«, stammelt er. »Hast du Dolores gesehen? Bitte sag mir, dass du sie gesehen hast …«

Ich schüttle schüchtern den Kopf.

»Sollte sie nicht eigentlich wie ein Boomerang immer wieder zu Ihnen zurückkommen?«

»Ja. Deshalb bin ich so besorgt. Entweder ist sie für immer davongeflogen … oder ihr ist etwas zugestoßen.«

In diesem Augenblick ertönt über uns ein schwaches Brummen. Als wir den Kopf heben, sehen wir eine Drohne, die durch den blassen Morgenhimmel fliegt. Der Eulentrainer wirkt verängstigt, dreht sich wie ein Brummkreisel auf der Suche nach dem unsichtbaren Piloten, schimpft laut auf Spanisch und verschwindet Richtung Strand.

Ich setze meinen Morgenspaziergang fort.

Ich schlendere zum Souvenirshop, der Tag und Nacht geöffnet hat – für den Fall, jemand braucht um vier Uhr morgens unbedingt ein Batik-T-Shirt oder einen Magnet, der aussieht wie ein Mini-Flip-Flop, oder Bräunungsöl. Ich gehe durch die Gänge, drehe fröhlich an einem Aufsteller mit Nasenklammern und -stöpseln, die besser sind als die, die das Hotel kostenlos verteilt.

Im hinteren Teil des Geschäfts, vor dem Süßigkeitenregal, läuft mir das Wasser im Mund zusammen. Ich greife zu wie eine hocherfreute Bankräuberin: Jolly Rancher, Skittles, M&Ms, Twix. Meine Beute breite ich auf Zehenspitzen an der Kasse aus. Die rundliche Verkäuferin döst auf einem Hocker, das Kinn auf ihrer Brust. Ich räuspere mich, um auf mich aufmerksam zu machen. Als sie mich sieht, zuckt sie zusammen, nuschelt ein »Hallo« und fragt: »*Señorita*, wo sind denn deine Eltern?«

»Die schlafen.«

»Und sie sind damit einverstanden, dass du diesen ganzen Süßkram kaufst?«

»Ja.«

»Das stimmt auch?«

»Ja«, lüge ich.

»Na gut … Ich setze es auf eure Zimmerrechnung. Welche Nummer?«

»409.«

Sie scannt die Süßigkeiten und gibt sie mir.

»Ich wünsche ein gutes, ausgewogenes Frühstück …«, scherzt sie. *»¡Buen provecho!«*

Ich drehe mich um, zu dem tanzenden Wasserspiel eines Rasensprengers, und setze mich direkt daneben. Ich reiße die M&Ms auf, esse nur die blauen. Aus dem Augenwinkel sehe ich, wie ein Strauch neben mir wackelt. Eine Nasenbärenfamilie taucht auf und leckt an dem herausschießenden Wasser.

Ich werfe ihnen M&Ms hin wie Tauben Brotkrumen. Als die Tüte leer ist, hebe ich gleichgültig die Schultern. Die Nasenbären nehmen es mir nicht übel und wenden sich wieder dem Rasensprenger zu.

Ich beschließe, zurück aufs Zimmer zu gehen, bevor meine Eltern aufwachen. Wenn sie merken, dass ich nicht da bin, ist die Hölle los – ich habe keine Lust, noch einmal den Hintern versohlt zu bekommen. Mit der Karte öffne ich die Tür und schleiche mich lautlos hinein.

Ich habe offenbar nichts verpasst: Sie schlafen immer noch, Mama, Papa und der Nasenbär.

WALDEMAR

Ich bin von diesem Kran nie wirklich abgestiegen.

Im Gegenteil: Ich fühle mich, als würde ich auf einer rosaroten Wolke schweben, die immer höher steigt. Ich bin ganz trunken vor Freude, meine Liebe für Belén – meine Sonne, meine Zuckerstange, meine Venus – endlich besiegelt zu haben. Ich möchte keinen Fuß mehr auf die Erde setzen.

Um in Ruhe den gestrigen Abend Revue passieren zu lassen, habe ich mein Cart etwas abseits vom Hauptweg im Schatten einer Palme abgestellt. Bei dem Gedanken an unser infernales Liebesspiel in luftiger Höhe muss ich seufzen. Meine Belén und ich haben uns leidenschaftlich geliebt, hemmungslos, in allen nur denkbaren Positionen. Sie ist kein einziges Mal eingeschlafen – das schmeichelt mir besonders.

Meine Erinnerung erregt mich. Doch ich werde unsanft aus meinen Gedanken gerissen, als ich El Jefes Stimme höre.

»Waldemaaaaar!«

Señor Villarey kommt mit dem mürrischen Gesichtsausdruck einer Bulldogge auf mich zu. Er hat einen meiner Gärtnerkollegen dabei, der einen Pestizidkanister auf dem Rücken trägt.

»Was machst du denn da!?«

Ich tue so, als wäre ich beschäftigt, greife schnell zum

Becherhalter des Carts, schnappe mir die Sprühflasche und verteile Lavendelduft um mich herum. *Pscht. Pssschhht.*

»*¿Qué chingados, Waldi?* Warum besprühst du denn die Büsche im Nirgendwo?«

»Ich beseitige den schlechten Geruch, Jefe.«

»So weit weg vom Strand!?«

»Hier stinkt es auch, Jefe.«

»Aber wir sind doch hier nicht im Epizentrum des Gestanks … Hier ist das … Exozentrum!«

»›Exozentrum‹ gibt es nicht.«

»Eine Frechheit!«, brüllt er und verpasst mir eine saftige Ohrfeige.

Benommen reibe ich mir die Wange. Villarey und ich pflegten schon immer eine Hassliebe, wie Brüder. Brüder, die sich manchmal auch ohrfeigen.

Er jammert: »Dein bescheuertes Raumspray und die Räuchergefäße funktionieren nicht. Ich höre andauernd, dass es immer noch stinkt.«

Als wäre nichts gewesen, dreht sich El Jefe zu dem Gärtner, der ihm wie ein Schatten folgt.

»Wir brauchen etwas anderes … und als ich Cuauhtémoc hier gesehen habe, wie er die Blumenbeete in der Nähe der Rezeption besprüht hat, hatte ich eine Eingebung«, sagt er und klopft dabei auf den Kanister am Rücken des jungen Mannes. »Wir nehmen ein Dutzend dieser Dinger, befüllen sie mit *Chanel N° 5* und lassen ein paar unserer Jungs damit das Hotel besprühen. So großzügig wie die Amerikaner, als sie Tag und Nacht Napalm über dem Dschungel Vietnams verteilt haben.«

»Wie originell«, gestehe ich. »Nur wo kriegen wir das ganze Parfum her?«

»Ich habe einen Freund am Flughafen, der in einem Duty-free-Geschäft arbeitet.«

Ich zügle seinen Enthusiasmus: »Dafür brauchen wir mehrere hundert Liter.«

»*No pasa nada.* Er schuldet mir einen Gefallen. Ich möchte, dass …«

Ich unterbreche Villarey, spreche für ihn weiter: »Sie möchten, dass ich einen Anhänger an mein Cart hänge und Hunderte Flaschen *Chanel N° 5* vom Flughafen abhole, um anschließend eine Parfümattacke auf das Hotel zu starten?«

»Bingo.«

»*Vale.* Aber unter zwei Bedingungen.«

»Raus damit.«

»Wenn es mir gelingt, den Gestank zu beseitigen, machen Sie mich wieder zum Concierge und die Carts sind für immer Geschichte.«

»Geht klar. Was noch?«

»Ich bekomme eins der Parfums für meine Liebste.«

HUGO

Ich werde von einem feuchten Schmatzen geweckt.

Als ich die Augen öffne, sehe ich sofort den Verursacher: mein Freund der Nasenbär hockt mit dem Kopf in Jujus Kulturtasche auf dem Waschtisch im Bad.

Ich könnte ihn anzischen: »Psst, hey, raus da!« Aber ich genieße den Anblick einfach zu sehr. Also bleibe ich ausgestreckt liegen und beobachte ihn dabei, wie er die Privatsachen meiner Frau durchwühlt, was mich köstlich unterhält und meine Schadenfreude weckt.

Als der Nasenbär abrupt den Kopf hebt, muss ich mir das Lachen verkneifen: Seine Schnauze ist rot beschmiert. Er verputzt gerade den Lippenstift und grinst mich mit knallroten Zähnen an.

Bevor er sich auch über meine Kulturtasche hermacht, stehe ich auf, nehme ihn auf den Arm und gehe auf den Balkon. Dort lümmelt Ava auf einem Liegestuhl, wirft M&Ms in die Luft und fängt sie mit dem Mund wieder auf.

»Guten Tag, Tochter.«

»Guten Tag, Vater«, erwidert sie zwischen zwei Würfen, die genau ins Schwarze treffen.

»Woher hast du denn die M&Ms?«

»Und woher hast du den Nasenbär?«

»Den habe ich am Strand gefunden. Oder er hat mich gefunden, ich weiß nicht mehr genau. Weil sich deine

Mutter gestern Abend lieber *woanders* amüsiert hat, hat er mir Gesellschaft geleistet.«

»Kann ich ihn anfassen? Er beißt doch nicht?«

»Nein, gar nicht. Er ist herzallerliebst.«

Ich beuge mich zu ihr hinunter, damit sie den Nasenbären streicheln kann. Sie krault ihn hinter den Ohren. Er schnurrt zufrieden und leckt ihre Hand, wie es ein Hund tun würde. Auf einmal springt er ohne Vorwarnung von meinem Arm, klettert das Geländer hoch, stürzt sich in die Tiefe und landet leichtfüßig wie ein Trapezkünstler auf dem Ast eines Orangenbaums. Er pflückt eine Orange und verschlingt sie mitsamt der Schale.

»Er hat sich nicht mal verabschiedet …«, seufze ich, traurig über seinen Abgang.

»Vielleicht brauchte er nur eine Dosis Vitamin C«, mutmaßt Ava ausdruckslos.

Am Selbstbedienungsbuffet presse auch ich mir eine halbe Orange in meinen Mimosa – eine Hommage an den Nasenbär. Juju hat ihn merkwürdigerweise nicht erwähnt. Vielleicht hat sie ihn nicht einmal gesehen, als sie von ihrem Techtelmechtel heimgekehrt ist. Wir haben heute Morgen noch kein Wort miteinander gewechselt. Meine Frau weiß nicht, dass ich gesehen habe, wie sie diesem Hotelangestellten mit den abstehenden Ohren ihre Zunge in den Hals gesteckt hat, hat keine Ahnung, dass ein Vulkan in mir brodelt.

Juju schüttet Müsli in ihren Joghurt und deutet mit ihrem Kopf zum Horizont: »Schau mal da.«

»Schau mal was, da?«, grummle ich mürrisch und lade sechs Würstchen auf meinen Teller.

»Die Animateurin und die Gruppe Kinder … Sie machen anscheinend Lachyoga. Vielleicht könnte sich Ava nach dem Frühstück zu ihnen gesellen?«

Im Schatten von zwei Palmen halten sich eine Handvoll Kids die Seiten und tun, als würden sie sich schieflachen. Ihr Lachen wirkt aufgesetzt und leer.

»Ach was. Kinder brauchen doch kein Yoga, um zu lachen.«

»Vielleicht ist es dir noch nicht aufgefallen, aber unsere Tochter lacht nicht gerade viel. Es könnte ihr guttun.«

»Es ist eine falsche gute Idee.«

»Es ist eine *richtig* gute Idee.«

Juju und ich greifen gleichzeitig zum letzten Stück Melone auf dem Buffet.

»Lass los, Hugo«, knurrt sie durch die Zähne und zieht es zu sich.

»Ich hatte es zuerst!«

»Nein, *ich!*«, ruft sie und legt ihre zweite Hand an das goldgelbe Stück Cantaloupe, als würde sie tauziehen.

Auch ich ziehe mit ganzer Kraft.

Alle Augen sind auf uns gerichtet. Gabeln bleiben vor offenen Mündern stehen. Das umherlaufende Bedienungspersonal und auch ein Salamander an der Wand erstarren zu Statuen.

»Ich hab dich gesehen … gestern Abend … wie du … rumgeknutscht hast … mit diesem … Hoteltyp …!«, jammere ich, während ich wie wild an der Melone zerre.

Meine Frau lässt los.

Newtons Reaktionsprinzip folgend, falle ich nach hinten. Der Glastisch des Buffets zerspringt unter meinem Gewicht in tausend Stücke und ich lande auf dem Boden.

Meine Lider blinzeln in Zeitlupe.

Die Stille ist zum Schneiden dick. Ich liege eine gefühlte Ewigkeit rücklings neben dem Buffet, niedergeschlagen und zerrissen. Ein Käfer mit den Beinen in der Luft, der nicht mehr hochkommt.

Es ist, als wäre eine gewaltige Splitterbombe explodiert, die blitzende Glasscherben, Joghurtspritzer, Froot Loops und Ananasscheiben in alle Himmelsrichtungen verteilt hat.

Ich hebe die Hand vor mein Gesicht. Auch wenn meine Würde gelitten hat, so habe ich doch gewonnen: Das Stück Melone ist noch immer da. Vorsichtig drehe ich mich um, strecke den Arm aus, tunke es lässig in eine Joghurtpfütze und beiße hinein.

Aus der Froschperspektive taucht ein Mann über mir auf. Na so was, der Knutschpartner meiner Ehefrau … *Bon.* Was für ein dämlicher Name.

Lächelnd hält er mir seine Hand hin.

»Hier, *Señor!* Ich helfe Ihnen hoch.«

Ohne zu überlegen, hebe ich meinen Kopf und beiße ihm in die Hand, so herzhaft, wie ich es nicht für möglich gehalten hätte. Bon schreit vor Schmerz, zappelt umher und befreit sich schließlich aus meinem Mund wie ein Hase aus einem Fangeisen. Juju ruft: »Bon! Oh, Bon!«

Dann erscheint Ava in meinem Blickfeld. Sie beugt sich über mich und fragt: »Papa, geht es dir gut?«

»Weiß nicht. Ich traue mich nicht, aufzustehen … Hey, sag mal: Hättest du Lust auf Lachyoga?«

»Nein.«

»Ha, ich wusste es.«

Ich beiße noch einmal von der Melone ab, koste meinen weichen und zuckersüßen Triumph aus.

Juju flüchtet sich puterrot aufs Zimmer, wodurch ich mit Ava in Ruhe zu Ende frühstücken kann. Was gibt es Schöneres, als den Tag mit einem Vater-Tochter-Moment zu beginnen?

Ich wische mir ein paar Glasstückchen von der Schulter und frage: »Also wenn du keine Lust auf Lachyoga hast, was wollen wir dann heute Morgen machen?«

Ava zuckt mit den Schultern.

Plötzlich fällt mein Blick auf eine holländische Familie am Nebentisch. Die Eltern tuscheln miteinander, schauen zwischen der Sauerei, die ich am Buffet hinterlassen habe, und mir hin und her. Sie sehen mich misstrauisch an, als wäre ich aus einer Anstalt entflohen. Ihre beiden Töchter – blonde Zwillinge, sieben oder acht Jahre alt – mustern mich still. Trotz ihres kalten Blickes fällt es mir schwer, die Mädchen ernst zu nehmen: Sie sehen beide aus wie Tiger, mit einer schwarzen Nase, feinen schwarzen Barthaaren und einer weißen Oberlippe. Alles auf orange gestreiftem Grund.

»Hey! Du könntest dich schminken lassen, Motte!«, sage ich.

Ich gehe davon aus, dass Ava meinen Vorschlag abschmettert, doch zu meiner Überraschung willigt sie ein.

Als ich vom Tisch aufstehe, habe ich das Gefühl, dass alle erleichtert aufatmen. Ava und ich laufen schweigend zu KiddyLandia. Ihre kleinen Finger legen sich in meine Hand, wie um mich zu trösten. Ich drücke sie zwei Mal – ein Geheimcode zwischen uns, seit sie ganz klein ist – und sie tut es mir gleich. Seltsame Kettenreaktion: Als Ava den Code erwidert, schießen mir Tränen in die Augen. Ich wische sie mir verstohlen weg.

Als wir im KiddyLandia ankommen, wirbelt Konfetti in meinem Bauch: Wir werden von Frau Giraffe begrüßt. Nur ist sie dieses Mal nicht als Giraffe, sondern als Kaktus verkleidet. Sie steckt in einem neongrünen Kostüm, eine Art Schaumstoffhemd mit Stacheln.

»Autsch!«, rufe ich und tue so, als würde ich mir den Finger an einem Stachel stechen.

»Wer anfasst, wird gepikst«, scherzt der Kaktus.

»Hallo. Ich dachte schon, ich würde dich nie wiedersehen.«

»Hier bin ich.«

»Du siehst anders aus als beim letzten Mal.«

»Jeden Tag ein anderes Kostüm. Das mag ich besonders an meinem Job. Heute Morgen fühlte ich mich eher … stachelig«, antwortet sie und dreht sich einmal im Kreis.

Ich sage ihr, dass Ava sich schminken lassen möchte.

Frau Kaktus beugt sich zu ihr herunter und fragt: »Was hättest du denn gern?«

»Einen blauen Wal.«

»So wie der vom Strand? Wie schön!«, begeistert sie sich und schaut auf ihren Farbkasten. »Also ein blauer Wal auf die Wange.«

»Nein. Ich möchte sein Gesicht auf meinem haben. Mit den Flecken und Warzen und Krustentieren und so. Wie in echt.«

»Das ist … originell.«

Frau Kaktus setzt Ava auf einen Hocker. Wie eine Künstlerin vor der Leinwand grundiert sie schwungvoll ihr Gesicht mit Blau. Sie spart kein Detail aus, hebt mal ein graues Knötchen hervor, mal eine weiße Seepocke. Die letzten Pinselstriche setzt sie auf den Hals meiner Tochter – abstufend, als wäre es der Bauch des Wals – und schon ist das Meisterwerk fertig.

Als sich Ava im Spiegel sieht, strahlt sie über das ganze Gesicht.

»Es gefällt dir also?«, frage ich.

Ava nickt eifrig.

Dass sie aussieht wie ein leprakranker Schlumpf, verkneife ich mir.

Plötzlich dreht sich meine Tochter um und trabt davon.

»Wo willst du hin, Muckel!?«

»Ich will Mama mein Gesicht zeigen!«

Ich signalisiere ihr per Handzeichen, dass ich gleich nachkomme, aber sie ist schon weg.

Jetzt bin ich mit Frau Kaktus allein – etwas, das mir nicht missfällt.

»Würden Sie mir die Ehre erweisen und sich für eine

Nikotinpause zu mir gesellen?«, frage ich sie mit einem Kuss auf die Hand.

»Ein Handkuss, wirklich?«, lacht Frau Kaktus auf.

»Galanterie ist nicht tot.«

»Galant gegenüber anderen Frauen als deiner eigenen?«

Sie zeigt auf die helle Stelle an meinem Ringfinger, wo sich mein Trauring so lange befand, bis Juju entschied, sich mit einem Anderen zu vergnügen.

»Ich hab meinen Ehering gestern ins Meer geworfen. Meine Frau hat mir mit einem deiner Kollegen Hörner aufgesetzt.«

»Hörner!?«

»Hörner.«

Frau Kaktus mustert mich einen Augenblick lang mit großen Augen. Wahrscheinlich versucht sie zu verstehen, wo ich als Ehemann versagt habe. Sie denkt bestimmt, es ist meine Schuld, wenn sich meine Frau woanders umsieht.

Doch dann erstrahlt sie und sagt: »Gegen diese Ungerechtigkeit musst du etwas tun.«

»Wie?«

Frau Kaktus kommt näher an mein Ohr und flüstert: »Der Gehörnte setzt selbst die Hörner auf. Wir treffen uns heute Abend hier im KiddyLandia. Punkt 22 Uhr.«

Am Abend, als Ava schläft und Juju im Schein der Nachttischlampe liest, schließe ich mich im Bad ein. Wegen der geflochtenen Haare muss ich mich nicht kämmen – ein großer Vorteil. Dennoch mache ich mir die Mühe und trage Deo auf, zupfe mir die Nasenhaare, putze mir die Zähne. Ich reibe mir die restliche Parfumprobe aus der Zeitschrift an den Hals – auch wenn es nur eine leere Geste ist, in Anbetracht des mächtigen Walgestanks.

Dann schlüpfe ich in meine Crocs, die ich aus dem Coco Bongo geholt habe, und verlasse das Zimmer unter dem Vorwand, frische Luft schnappen zu wollen. Ein Teil von mir möchte Juju gern die Wahrheit sagen, ihr von dem bevorstehenden Schäferstündchen mit einer Anderen erzählen. Um sie eifersüchtig zu machen. Aber ich befürchte, dass es ihr vollkommen egal wäre, dass sie nicht einmal von ihrem Roman aufschauen, sondern mit einem Gähnen murmeln würde: »Vergiss das Kondom nicht.«

Bei meiner Ankunft am KiddyLandia ist die Tür verschlossen und das Licht aus. Ich lege die Hände zwischen meine Stirn und die Scheibe, um den dunklen Raum besser absuchen zu können. Mit zusammengekniffenen Augen entdecke ich einen Schemen. Sie sitzt auf einem Kinderstuhl, sie, nicht Frau Giraffe oder Frau Kaktus. Ich klopfe sanft an das Glas.

Der Schemen kommt zur Tür, öffnet sie.

»Du bist gekommen.«

»Ich nehme meine Verabredungen immer wahr.«

Sie steckt den Kopf durch die Tür, sieht unauffällig nach links und rechts, um sich zu vergewissern, dass uns niemand gesehen hat, dann zieht sie mich hinein und verriegelt die Tür hinter uns.

»Verabredest du dich öfter mit Gringo-Vätern?«

»Würdest du mir glauben, wenn ich sage, dass es das erste Mal ist?«, sagt sie verführerisch und kommt einen Schritt auf mich zu.

Meine Hände werden zu Niagarafällen.

»Ich … mir fällt gerade ein, dass wir uns noch nicht vorgestellt haben. Wie heißt du?«

»Soledad.«

»Hübsch. Was bedeutet das?«

»Einsamkeit.«

»Verrückt. Dein Name drückt aus, wie ich mich fühle.«

»Wie poetisch«, sagt sie mit einem Lächeln und legt mir ihre Hände um den Nacken.

»Willst du gar nicht wissen, wie ich heiße?«

»Nicht unbedingt.«

»Aber wenn du willst, dass …«

Sie bringt mich zum Schweigen, indem sie einen Finger auf meine Lippen legt. Hinter den Brillengläsern leuchten ihre Augen vor unbändigem Verlangen.

»*Basta, el small talk*«, bestimmt sie und nimmt ihre Brille ab. »Ich bin nicht nach Feierabend geblieben, um zu plaudern.«

Plötzlich umfasst sie mein Gesicht, wie um mich zu küssen, schubst mich dann allerdings nach hinten und ich falle in eine Art Becken mit kuriosem, zugleich hartem und flüssigem Inhalt, der meinen Körper umhüllt: Plastikbälle.

Überrascht freue ich mich wie ein Kind und werfe ein paar der Bälle ausgelassen in die Luft.

»Es ist ewig her, dass ich in so einem Ding war. Das letzte Mal wohl an meinem sechsten Geburtstag bei Chuck E. Cheese 1989.«

Anmutig wie ein Otter tauche ich ins Bällebad, komme wieder hoch und werfe Soledad im Spaß einen Ball an die Stirn. Sie reißt die Augen auf und gibt sich empört, bricht dann aber in Lachen aus. Ich fasse ihre Hand, damit sie sich zu mir gesellt. Sie lässt sich ihrerseits ins Becken fallen, sucht unter den Bällen meinen Körper. Findet ihn. Unsere Arme und Beine verflechten sich seltsam vertraut ineinander, als wären wir zwei Kraken, die sich schon immer kennen. Unsere Lippen berühren sich erst spielerisch, formen dann ein Lächeln, ein Lecken, und küssen sich schließlich fieberhaft. Ich koste ihren erdigen Atem, ihre lauwarme Zunge. Ich bedecke ihren Nacken mit wilden Küssen, ziehe sanft an ihrem zerzausten Haar. Ich schließe meine Augen und sauge ihren Duft tief ein … als mir bewusst wird, dass wir doch beide Nasenklammern tragen.

»Verdammt noch mal, wie gerne würde ich deine Haare riechen«, flüstere ich verärgert.

»Und ich deine Haut.«

Dieser verfluchte Wal mit seinem verfluchten Gestank.

Sein Kadaver hat den wunderbaren Moment verdorben, in dem sich zwei Körper zum ersten Mal entdecken.

»Der Wind wird den Gestank bald vertreiben«, sagt Soledad, um mich zu beruhigen, knöpft mir das Hemd auf und übersät meinen Oberkörper mit Küssen.

Ich versuche, das Gute an der Sache zu sehen: Ohne Nasenklammer würde es im KiddyLandia wahrscheinlich nach vollen Windeln und Klorix riechen.

Ich liege halb versunken in den Bällen, atme tief durch,

während Soledad mit ihrem Mund meinen Körper erkundet. Ein Strom der Ekstase fließt durch mich hindurch. Ich erinnere mich nicht, wann eine Frau mich zuletzt derartig berührt hat. So aufmerksam und geduldig, so selbstlos und leidenschaftlich.

Ich richte mich auf und bedecke meinerseits ihre seidige, olivfarbene Schulter mit einer Flut von Küssen, bevor ich vorsichtig ihren BH öffne. Ich taste nach ihrer Brust – finde sie nicht. Soledad flüstert mir ins Ohr: »Sei nicht irritiert, *por favor*.«

Ihr Oberkörper taucht aus den Bällen auf. Da verstehe ich. Zwei helle Narben zieren die Stellen, an denen mal ihre Brüste waren.

»Beidseitige Brustamputation«, sagt sie leise.

Verlegen wendet sie sich ab. Ich umfasse ihr Gesicht, suche ihre Augen.

»Ist mir egal. Du bist hinreißend.«

Zum Beweis küsse ich ihre Narben lange und aufrichtig, verleihe jedem Kuss Gewicht. Ein unsichtbarer Balsam für die versehrte Haut.

Jetzt ist es Soledad, die seufzt. Sie gleitet mit ihren Fingern über meine Zöpfe. Unsere Lippen finden sich wieder. Wir stöhnen, küssen uns umso leidenschaftlicher, fiebrig, durstig nach dem Körper des anderen. Unsere Arme und Beine umschlingen sich, wir verschmelzen in dem bunten Meer aus inzwischen glitschigen und feuchten Bällen.

So ineinanderer und in die Bälle versunken, bleiben wir noch lange auf dem Rücken liegen. Unsere Finger berühren sich und verbinden sich tanzend, da mache ich ihr ein Kompliment zu ihrem malvenfarbenen Armband.

»Manchmal flechten wir mit den Kindern«, erklärt sie, während sie es an ihrem Handgelenk dreht. »Es ist ein Freundschaftsband. Willst du eins?«

Ich halte mein »All Inclusive«-Bändchen aus gelbem Papier hoch.

»Hab schon eins.«

Dann gebe ich ihr einen vielsagenden Kuss auf die Handfläche und ergänze: »Außerdem interessiert es mich null, mit dir befreundet zu sein.«

CÉLESTE

Sonntagmorgen. Ich habe das dringende Bedürfnis, zur Messe zu gehen.

Beim Cluburlaub zahlt man dafür, dass sich alle Tage gleichen – um den Sonntagsblues zu verscheuchen, der uns in unserem »echten Leben« am Vortag der neuen Woche erwartet.

Allerdings hat dieser profane Ort an diesem Tag des Herrn etwas an sich, das meinen Durst nach etwas Heiligkeit verstärkt. Um ihn zu stillen, hole ich zunächst die Peitsche aus meinem Koffer … Doch spüre ich, dass ich heute etwas Mächtigeres brauche.

Ich drehe mich zur Tür, als mir der Atem stockt. Da ist sie, mein Geist von 18A. Sie sitzt gelassen auf der Minibar und schwingt ihre Beine mit einer provokanten Gleichgültigkeit.

Ich bewahre Ruhe, starre sie lange an und verkünde: »Heute, meine Liebe, töte ich dich.«

Ich laufe in meinen Flip-Flops durch die weiß geflieste Empfangshalle und halte vor dem Hotel nach einem Taxi Ausschau. Ich finde keins, sehe aber ein paar Meter entfernt ein Golfcart stehen. Darin sitzt, eingesunken auf dem Fahrersitz, ein betagter Concierge mit Fliegerbrille. Ein Namensschild auf seiner Jacke verrät seinen Namen: Waldemar.

»Guten Tag! Würden Sie mich in die Stadt fahren?«

Waldemar antwortet nicht. Als ich näher komme, vernehme ich ein leises Schnarchen. Vermutlich der Grund für seine Sonnenbrille bei bedecktem Himmel. Um in Ruhe zu schlafen.

Ich räuspere mich, wiederhole meine Frage etwas lauter. Dieses Mal springt er auf und stammelt: »Ja, äh … wo soll es denn hingehen? Zum Kasino? Zum Strand?«

»In die Stadt.«

»Hm … Eigentlich dürfen die Carts das Hotelgelände nicht verlassen.«

»Aber es gibt keine Taxis.«

Waldemar schaut sich einmal um, beugt sich dann zu mir und sagt: »Jede Regel hat seine Ausnahme. Außerdem muss ich sowieso kurz in die Stadt, eine Ladung Raumduft und *Chanel N° 5* abholen.«

»Dieser Geruch ist wirklich hartnäckig«, bestätige ich und deute auf meine Nasenklammer.

»Wem sagen Sie das.«

Etwas heiterer fragt er mich dann: »Also, wohin fahren wir?«

»Zur Kirche.«

»Schön, dass Sie das dritte Gebot befolgen. Welcher Religion gehören Sie an?«

»Eigentlich dem Katholizismus, doch heute fühle ich mich seltsamerweise eher … der Pfingstbewegung zugewandt.«

»Also suchen Sie eine Messe mit gewissem Flair.«

»Ganz genau. Einen Ort, an dem der Heilige Geist die Wände wackeln lässt.«

»*Señora,* ich habe genau die richtige Kirche für Sie«, sagt Waldemar und dreht den Zündschlüssel. »Steigen Sie ein!«

Als ich mich auf den Beifahrersitz setze, spüre ich sie … genau hinter mir. Mein Geist von 18A. Sie pustet mir in den Nacken. Ich versuche, sie zu ignorieren, taste nach dem Skapulier unter meiner Bluse und reibe es fest über meine Haut.

Ich traue mich nicht, Waldemar zu sagen, dass sein Cart heimgesucht wird.

Hinter dem Bogenportal des Hotels ist es wie auf einem anderen Planeten – eine staubige Welt ohne Bäume, dafür mit gigantischen, ausgeblichenen Reklametafeln. Am Straßenrand streunt ein Rudel abgemagerter Hunde durch den Müll, der im Wind wirbelt. Menschen laufen ziellos umher und versuchen, verschiedene Waren zu verkaufen. Streetfood wie Pambazo, Chicharrones, Churros, oder Erfrischungsgetränke in kleinen Plastiktüten auf Basis von Tamarindenfrüchten oder Hibiskusblüten.

Am Ortseingang halten wir an einer roten Ampel. Eine alterslose Händlerin kommt auf uns zu. Sie balanciert ein Dutzend Strohhüte auf dem Kopf und hält ein schwebendes Ballonbündel in der Hand.

»*¿Señora, un sombrero?*«, fragt sie mich und hebt ihre tief umrandeten Augen in Richtung Hutturm.

Ich schüttle höflich den Kopf.

»*¿Un globo, pues?*«, versucht sie es weiter und bietet mir einen ihrer Ballons an. »*¿Le gusta Hello Kitty?*«

Ich zögere einen Moment. Dann durchsuche ich meine

Handtasche nach einem Geldstück und gebe es ihr. Die Händlerin beugt sich zu mir und bindet zuvorkommend den Ballon um mein Handgelenk. Ein Ballon in der Form einer weißen Katze ohne Mund, dafür mit einer roten Schleife auf dem Kopf. Mein Unbehagen weicht einer süßen Nostalgie, die mich in die Rummel meiner Kindheit zurückversetzt.

Als der Ballon fest verknotet ist, lächelt sie zufrieden und wendet sich ab. Ich beobachte sie, wie sie sich ihren Weg durch die bunte Menge bahnt. Der Hutturm und der Ballonstrauß überragen noch eine Weile das Menschenmeer.

Waldemar dreht sich zu mir, zwinkert mir zu.

»Die japanische Katze steht Ihnen«, sagt er und fährt weiter, als es grün wird.

Die Kirche, vor der er mich absetzt, ist ein weiß getünchtes Gebäude am Ende einer schmalen Allee. An der Fassade hängt ein LED-Schild, über das in großen roten Lettern folgende Botschaft läuft: »*¡BIENVENIDO A LA IGLESIA DEL FUEGO SAGRADO! ¡SONRÍE, DIOS TE AMA!*«

Ich soll also lächeln, und Gott liebt mich.

Als gute Katholikin, die sich hauptsächlich vom Mysterium des Glaubens angezogen fühlt, schreckt mich diese schrille Anzeige ab. Und trotzdem muss ich lächeln. Waldemar schlägt vor, mich in zwei Stunden wieder abzuholen und verabschiedet sich mit einem »Hasta luego«, das ich erwidere.

Ich betrete die Kirche. Im Grunde ist sie ein großer, überfüllter, fensterloser Raum, in dem es ohne den widerlichen Walgestank sicherlich nach Schweiß riechen würde. Manche Gläubige recken mit geschlossenen Augen die Arme in die Luft. Andere pressen die Handflächen aneinander, die Stirn in Falten gelegt, und murmeln Gebete.

Ein Podest aus Brettern im vorderen Teil dient als Pult im Chorraum. Dahinter hängt ein riesiges blankes Metallkreuz, an dessen Fuß ein lebhafter Pfarrer mit einigen seiner Schäfchen steht. Ihre Hände liegen auf dem Kopf einer jungen Frau, die sich auf Krücken stützt. Durch das informelle und legere Äußere des Pfarrers – Jacke, Hemd und Jeans – wirkt er, als käme er gerade aus einem Country Club von Martha's Vineyard. Sein Look widerspricht seiner merkwürdigen Art zu sprechen: Er scheint sich in einer Phantasiesprache auszudrücken, einem babylonischen Kauderwelsch, das mal wie Russisch, mal wie Portugiesisch und mal wie Xhosa klingt und mit dreitausend Wörtern pro Minute aus ihm heraussprudelt.

Die dramatische Wirkung verstärkt ein Musiker, der in einer Ecke des Raumes steht und auf seinem Keyboard schwindelerregende Triller spielt.

Die Glossolalie des Pfarrers wird schneller und intensiver, bis er schließlich auf Spanisch ruft: »Bewege dich, Bein, *bewege dich!* Im Namen von Jesus, dem Allmächtigen, befehle ich dir, dich zu bewegen!«

Plötzlich entreißt er der Frau die Krücken. Ihr Bein sackt weg und sie fällt einem Gläubigen in die Arme. Der Pfarrer reicht ihr seine Hand. Sie zögert, richtet sich dann aber doch schüchtern auf. Er ermutigt sie, einen Schritt zu gehen, und noch einen. Sie tut es, schwankt zunächst, wird jedoch immer selbstsicherer – schließlich läuft sie, als wäre nichts gewesen.

Im Raum wird gejubelt, hier und da geklatscht und »Halleluja« gerufen.

»Unser Herr ist *soooo* groß!«, ruft der Pfarrer und reckt dabei eine der Krücken in die Luft, bevor er sie wegwirft.

Der Keyboarder spielt ein ergreifendes Lied, dessen Text an die hintere Wand projiziert wird. Als es zu Ende ist, schreitet der Pfarrer durch den Gang, durchforstet neugierig die Schar und fragt: »Wer ist heute zum ersten Mal da?«

Einige Köpfe drehen sich zu mir. Wie von einem unsichtbaren Puppenspieler gezogen, schiebt sich meine Hand nach oben.

»*Hola, hermana.* Wie heißen Sie?«

Ich flüstere: »Céleste.«

»Ein geweihter Name des Himmels!«, freut sich der Pfarrer.

Er eilt auf mich zu, bleibt vor mir stehen. Sein golden schimmerndes Gesicht kontrastiert mit seinen Augen, so blaugrün wie ein Gletschersee. Sie fixieren mich inbrünstig.

»Und was beunruhigt Sie, Schwester Céleste?«

Ich weiß natürlich, dass er nur ein Scharlatan ist. Trotzdem überrumpelt mich der aufrechte Ton seiner Frage. Er möchte es scheinbar wirklich wissen.

Ich seufze und sehe zu dem gewaltigen Kreuz über mir auf. Darauf sitzt mein Geist. Die Alte lässt ihre Beine baumeln, ruhig und unschuldig wie ein Mädchen auf einer Schaukel.

Mit einem eisigen Gefühl im Rücken wende ich mich wieder dem Pfarrer zu. Als wäre es das Natürlichste auf der Welt, sage ich: »Ich werde von einem Geist heimgesucht. Doch nicht vom Heiligen Geist.«

Seine Augen funkeln.

Er verliert keine Zeit, schnappt sich meine Hand und zieht mich mit nach vorne. Ich lasse es zu – auch wenn ich überaus skeptisch bin und mein Herz beginnt, wie eine Faust gegen eine Tür zu hämmern.

Mit einem Mal umringt mich die Gemeinde wie ein Wald, der immer dichter wird. Sie sind so nah, dass ich ihren Atem in meinem Gesicht spüre. Ohne Nasenklammer würde ich ihn wohl auch riechen.

Sie legen mir ihre Hände auf den Kopf und der Pfarrer improvisiert ein langes Gebet auf Spanisch. Die Gläubigen schließen ihre Augen. Ich spüre Tausende Hände auch auf meinem Rücken, meinen Schultern, meinem Nacken – eine ebenso verstörende wie wohltuende Nähe.

Ich kann mich nicht erinnern, wann ich das letzte Mal von anderen Menschen berührt wurde.

Mit all diesen fremden Händen auf mir macht sich ein Wohlgefühl in mir breit und treibt mir stille Tränen in die Augen. Ich möchte sie aufhalten und kneife die Lider zusammen, aber die Tränen kullern heraus, fließen mir warm über die Wangen.

Der Pfarrer wechselt, ohne dass ich es merke, vom Spanischen in die verschleierte Zungenrede. Sein Ton wird höher, dann blitzartig tiefer, die Konsonanten krachen in seinem Mund wie Knallkörper. Der ungewöhnlich flüssige Rhythmus seiner Worte gleicht keiner mir bekannten Sprache.

Je mehr Kauderwelsch er von sich gibt, desto mehr Tränen fließen.

Ich spüre jeden einzelnen Finger auf mir – lauwarme und wohlmeinende Tentakel. Die Gläubigen verlagern ihr Gewicht von einem Fuß auf den anderen, begleiten die Zauberformel des Pfarrers mit »Hm« und »Amen«.

Der Wortfluss des Pfarrers schwillt zu einem Crescendo an, wird schneller und schneller. Wie in einer mystischen Ekstase beginnen seine Hände auf meiner Stirn heftig zu zittern. Die Rufe der Gläubigen werden lauter, alles ist nur noch Strudel und Trance. Der Pfarrer nimmt meinen Kopf in seine Hände, läuft rot an, und stößt mich mit einem bestialischen Schrei von sich.

Darauf folgt Stille. Eine anhaltende und komplette Stille.

Ich öffne kurz die Augen, blinzle.

Der Pfarrer murmelt: »Schwester, die Kraft Christi hat Sie geheilt.«

Ich blicke langsam und ungläubig zu dem Kreuz an der Wand hinauf.

Mein Geist ist fort. An ihrer Stelle ist nun mein Hello-Kitty-Ballon, eingeklemmt unter dem Kreuz. Er muss sich in der Intensität des Moments von meinem Handgelenk gelöst haben.

JUDITH

Nach dem peinlichen Vorfall von gestern Morgen hat uns das Hotel auf immer und ewig vom Buffet verbannt. Wir mussten uns das Frühstück heute aufs Zimmer bestellen. Wir essen auf dem Balkon.

»Das Wetter sieht in den nächsten Tagen nicht so gut aus«, murmelt Hugo, während er mit dem Finger über sein Handy wischt. »Guck!«

Er zeigt mir die Wettervorhersage. Vier Spalten mit grauen Regenwolken.

»Aus dem Strand wird heute wohl nichts«, seufzt er. »Zum Glück haben wir UNO dabei.«

Mein Mann sieht lächerlich aus. Er hat sich einen Pashminaschal mit aztekischen Motiven aus dem Souvenirladen um den Hals gebunden. Um den Knutschfleck zu verbergen, von dem er glaubt, ich hätte ihn nicht gesehen.

»Ist dir kalt oder was?«, frage ich ihn und deute dabei auf seinen Schal.

Ich klopfe mit dem Löffel mehrmals auf mein Frühstücksei – härter als nötig. Die Risse auf der Schale verzweigen sich, bis sie einem trockenen Wüstenboden gleichen.

»Es weht eine kühle Brise. Spürst du sie nicht?«

»Nein.«

Ich sehe zu den Palmen: Ihre Blätter sind ganz still.

»Ich spüre die Brise, Papa«, flüstert Ava, während sie

systematisch Ahornsirup in jedes Quadrat ihrer Waffel gießt.

»Danke, Motte«, antwortet Hugo. »Wenigstens eine in dieser Familie, die ab und zu auf meiner Seite ist.«

Auf einmal unterbricht ein nahes Wummern die Unbehaglichkeit unseres Frühstücks. Als ich mich umsehe, überrascht mich eine Drohne, die auf Höhe unseres Balkons in der Luft schwebt. Es ist, als würde sie uns beobachten. Ich entdecke ein rundes Fläschchen und einen Zerstäuber an ihr.

»Na so was … Wo kommst du denn her?«, frage ich diesen Mini-Roboter mit Propellern.

Ich habe das Gefühl, mit einem entlaufenen Hund zu reden. Ava beugt sich über das Geländer und sucht die Umgebung nach dem Piloten ab.

»Schräg«, sagt sie, »da ist niemand.«

Sie setzt sich wieder an den Tisch und schiebt sich ihre Waffel in den Mund.

Die Drohne kommt unseren Köpfen immer näher. Da ich mich bedrängt fühle, werfe ich eine grüne Weintraube nach ihr.

»Jetzt reicht es aber! Na los, verschwinde! *Bzzz! Bzzz!*«

Wie ein Stinktier, das sich provoziert fühlt, stößt die Drohne plötzlich eine merkwürdige Wolke aus. Dann dreht sie sich um 180 Grad und fliegt schleunigst davon.

»Sie versprühen Pestizide!«, schreit Hugo. »Alle sofort rein!«

Er schnappt sich seinen Teller, stürzt ins Zimmer und schiebt sofort die Tür hinter sich zu. Hugo wie er leibt und lebt, bringt zuerst sich selbst außer Gefahr, bevor er an andere denkt.

Ava kaut weiter ihre Waffel, als ob nichts wäre. Nach einer Weile zieht sie sich die Stöpsel aus der Nase und atmet tief ein.

»Nicht, Ava!«, ruft Hugo und klopft gegen das Fenster. »Mach sofort die Stöpsel wieder rein!«

»Ava, dein Vater hat recht«, räume ich ein. »Es ist vielleicht irgendetwas super Widerliches, das deinen kleinen Lungen schadet. Na los, rein mit dir!«

»Aber … es … es riecht gut«, erwidert sie, während sie weiter in der Luft herumschnuppert. »Nach Parfüm.«

Vorsichtig nehme ich die Stöpsel aus der Nase.

Ich traue mich und atme ein.

»Ich werd nicht mehr, du hast recht, mein Schatz. Es riecht nach *Shalimar* von Guerlain. Oder nach *Chanel N° 5*.«

»Mama, guck mal!«, ruft Ava.

Als ich mich über das Geländer lehne, entdecke ich Waldemar. Der Concierge trägt eine Fliegerbrille und schaut in den Himmel. In der Hand hält er eine Fernsteuerung, auf der er aufgebracht herumdrückt.

»Ich hoffe, meine Zerstäuber-Drohne hat euch nicht erschreckt!«, ruft er, als er uns sieht. »Ich teste neue Methoden gegen den Gestank.«

Die Drohne fliegt zu einem anderen Flügel des Hotels, um auch dort Parfum zu versprühen. Ich beobachte ihren Hummelflug von einem Balkon zum anderen – so aufmerksam, dass ich aufschrecke, als mich etwas an der Hand kitzelt.

Ein Regentropfen.

Dann noch einer.

Und noch einer.

Ich war so sehr auf die Drohne fixiert, dass ich nicht mitbekommen habe, wie die Wolken am Himmel ein unheilvolles Dunkelgrau angenommen haben.

Wolkenbruch. Es schüttet wie aus Eimern.

Der Regen peitscht gegen die Fensterscheiben und sorgt für eine Riesenpfütze auf dem Balkon.

Mama, Papa und ich sitzen im Tal zwischen den Betten auf dem Teppich und spielen UNO. Es dauert natürlich nicht lange, bis Mama Papa beschuldigt, zu schummeln: Er hat einfach zwei Karten abgelegt – die »+4« und »+2« –, so dass Mama sechs Karten auf einmal aufnehmen müsste.

»Hugo, das darfst du nicht. Entweder die eine Karte oder die andere, beide gehen nicht.«

»Ach was, so spielen wir doch immer! Oder, Ava?«

Wie ich es hasse, wenn sie mich in ihren Streit hineinziehen.

Seufzend stehe ich auf: »Ihr seid echt wie Babys. Ich gehe an die frische Luft.«

»Aber Spatz, es regnet wie verrückt«, sagt Mama.

»Mir doch egal.«

»Dann nimm wenigstens den Regenschirm mit. Gut, dass wir ihn eingepackt haben«, sagt sie und hält mir den kanariengelben Schirm hin, auf dem steht: »Scheiße, es regnet.«

Nachdem ich meine Sandalen angezogen habe, nehme ich den Schirm in die eine und mein Etch A Sketch in die andere Hand und laufe zur Tür.

»Ich komme mit dir runter, Muckel«, beschließt Papa und folgt mir nach.

Im Fahrstuhl legt er mir seine Hand auf die Schulter, beugt sich zu mir herunter und sagt: »Ich weiß, dass es für dich nicht einfach ist, wenn Mama und ich uns strei …«

Ich fange aus vollem Hals an zu schreien.

Mein Vater weicht in die Ecke des Fahrstuhls zurück, wie gelähmt von meinem wilden Urschrei, der tief aus meinem Inneren und zugleich aus dem Nichts kommt.

Nach zwei Etagen hält der Fahrstuhl. Die Türen gehen auf und ein Wagen mit dreckiger Bettwäsche wird hineingeschoben, von diesem Zimmermädchen, das ich sofort wiedererkenne: Belén.

Sie schenkt uns ein höfliches metallenes Lächeln.

Papa – der sich vermutlich fragt, ob sie meinen Schrei gehört hat – verzieht verlegen das Gesicht. Er verträgt keine Stille, also fragt er sie: »Geht es Ihnen gut? Sind Sie heute schon eingeschlafen?«

»Noch nicht«, antwortet sie. »Jedenfalls nicht, dass ich wüsste.«

Wir steigen im Erdgeschoss aus, sie fährt weiter in den Keller.

Die Wände der großen Halle sind mit etlichen Rundbögen versehen, so dass es sich weder wie drinnen noch wie draußen anfühlt. Aber heute, wo es wie aus Eimern schüttet, ist deutlich, wo die Grenze verläuft.

»Willst du immer noch nach draußen?«, fragt Papa seufzend, während er mit dem Kinn auf die Sintflut deutet.

»Jap.«

Zum Beweis öffne ich den Schirm. Dann renne ich durch den Regen und flüchte mich unter das dichte Blattwerk einer Palme.

Mein Vater läuft mir hinterher, rutscht aber auf den glatten Fliesen aus, verliert einen seiner Crocs, kehrt um, um ihn zu holen, sieht dann, dass unter der Palme kein Platz für ihn ist und entscheidet sich, Schutz in einer Tiki-Bar zu suchen.

Kurz darauf sitzt er auf einem Hocker und macht irgendwelche Handzeichen, die mir durch den Regen wohl so etwas vermitteln sollen wie »Du malst, ich bestelle mir eine Piña Colada«.

Ich nicke und setze mich hin. Hochkonzentriert male ich das Dach der Bar. Bambusrohr für Bambusrohr.

Plötzlich erscheint der Umriss einer Person im Regen. Ich kneife die Augen zusammen und erkenne den Mann mit der Eule. Er läuft nervös auf mich zu, nass bis auf die Knochen, und fragt: »Dolores … meine Dolores … Du hast sie nicht zufällig gesehen!?«

»Sie haben sie noch nicht wiedergefunden?«

Er schüttelt den Kopf. Der Regen tropft von seinen langen Wimpern – Tropfen, die genauso gut Tränen sein könnten.

Ich vermute laut: »Vielleicht ist sie ja für immer weggeflogen.«

Der Mann schweigt einen Moment, dann fasst er sich wieder.

»*¡Nunca jamás!*«, ruft er empört und hebt seine geballte Faust. »Dolores würde ihren Vater niemals verlassen!«

Er dreht sich um und verschwindet Hals über Kopf, leise vor sich hinmurmelnd, im Regen.

Als ich wieder zur Tiki-Bar schaue, sehe ich, wie sich die Animateurin aus dem KiddyLandia mit meinem Vater unterhält. Sie lehnt sich zu ihm vor, fährt unauffällig mit der Hand unter sein T-Shirt und streichelt seinen unteren Rücken. Papa hat wohl vergessen, dass ich nur ein paar Meter entfernt bin. Und das alles sehe.

Ich frage mich, was Mama wohl von dieser Hand, die nicht ihre ist, unter dem T-Shirt ihres Mannes halten würde.

Ich verliere keine Zeit und male meinen Vater beim Flirten, indem ich die Knöpfe meines Etch A Sketch wütend hin und her drehe. Der Stift gleitet in seinem Inneren in alle Richtungen, sucht sich seinen Weg durch das graue Pulver. Wie durch Zauberhand sind bald die Tiki-Bar und die Umrisse meines Vaters und dieser Frau zu erkennen (Erwachsene male ich immer nur von hinten).

Als ich den Arm unter dem T-Shirt male, drücke ich fest die Knöpfe, drehe sie immer schneller. Meine Finger sind so wütend wie der Regen, der herunterprasselt.

Klack.

Einer der Knöpfe springt aus der Tafel. Es ist der rechte, der, der die senkrechten Linien macht. Ich halte ihn in der Hand, starre ihn verdutzt an.

Nach einer Weile dreht meine linke Hand langsam am übrig gebliebenen Knopf – dem, der die waagerechten Linien macht. Ich kann jetzt nur noch eine lange langweilige Linie malen.

Wie die gerade Linie auf einem Herzmonitor.

In diesem Moment sehe ich aus dem Augenwinkel einen durchnässten Nasenbären auf mich zukommen. Er bleibt kurz im Regen stehen und schaut mich mit flehenden Augen an, als bitte er um Erlaubnis, sich zu mir unter die Palme setzen zu dürfen.

»Hau ab! Na los, verschwinde!«, schreie ich mit bebender Stimme.

Der Regen fällt weiter auf seinen Kopf, doch der Nasenbär bleibt davon unbeeindruckt stehen, lässt mich nicht aus den Augen. Erst als ich den Knopf nach ihm werfe, verschwindet er auf allen vieren in der Mangrove.

Sofort fühle ich mich schlecht, und es tut mir leid, also stehe ich auf, um den Nasenbären zu suchen. Ich eile in den Wald, kämpfe mich mit dem Schirm durch die vielen Äste. Das heftige Trommeln des Regens auf den Blättern über mir vermischt sich mit dem fernen Meeresrauschen.

Auf einmal bin ich wieder auf der kleinen Lichtung mit der hohen Termitenkathedrale in der Mitte. Ich nähere mich vorsichtig, gucke in eines der Löcher – kein Lebenszeichen. Die Termiten verstecken sich bestimmt ganz tief drinnen, schützen sich vor dem Regen. Vielleicht sind sie aber auch umgezogen.

Plötzlich entdecke ich etwas Weißes am Boden. Mir läuft es eiskalt den Rücken herunter, als ich verstehe, was es ist: Dolores, die Eule des Mannes. Der dichte, grausame Regen prasselt vollkommen gleichgültig auf den Kadaver. Ihr Körper ist kaum noch zu erkennen, so sehr ist er zerfetzt, nur mehr ein Haufen Knochen, ein paar Hautfetzen und blutverschmierte Federn sind von ihr übrig.

Das Werk von scharfen Klingen.

Oder von den Propellern einer Drohne.

WALDEMAR

»Waldemar Miramontes, du bist ein riesiger Glückspilz.«

Das denke ich in der Nacht immer und immer wieder, während ich meiner Belén sanft über die Haare streiche. Wir liegen nackt in meinem Bett in meiner kleinen Wohnung in einem abgelegenen Viertel, in das sich keine Touristen verirren. Ihr Kopf ruht auf meiner Brust, während ich auf die rotierenden Flügel des Deckenventilators starre. Das orangene Licht der Straßenlaterne scheint durch das Fenster, gegen das seit zwei Tagen der Regen prasselt.

Zwei Tage, in denen sich der erstarrte Gecko auf der rissigen Wand keine Schuppe weit bewegt hat – er traut sich nicht raus.

Plötzlich regt sich Belén.

»Deine Wände sehen traurig aus«, merkt sie an, während sie mein Ohrläppchen zwischen ihrem Daumen und Zeigefinger reibt. »Du brauchst mehr Deko als eine Eidechse und einen alten Kalender.«

Ich nehme den Ball auf und spiele ihn zurück, indem ich ihr meine verrückte Idee mitteile: »Vielleicht könntest du mir mit der Dekoration helfen … wenn du bei mir einziehst?«

Belén richtet sich auf und mustert mich eingehend.

Mist, ich habe es versaut. Bestimmt wirft sie mir gleich vor, dass ich die Sache überstürze. Immerhin ist sie noch mit Óscar verheiratet.

Doch zu meiner Überraschung flüstert sie: »Das wäre toll. Ich habe sogar einen Kunstdruck, der hier gut reinpassen würde. Ein Paar tanzt Walzer am Strand, während um sie herum ein Gewitter tobt. Er trägt einen Smoking, sie ein rotes Kleid. Ihre Bediensteten – ein Mann und eine Frau – halten Regenschirme über sie, so dass sie im Trockenen tanzen. Es ist mein Lieblingsbild. Ich habe schon immer davon geträumt, einmal diese Frau in Rot zu sein. Und nicht nur das Hausmädchen, das den Schirm hält.«

Ihr Kopf plumpst wieder auf meine Brust und ich merke, dass sie sofort tief und fest schläft. Nicht wissend, ob ich das der Narkolepsie oder ihrer Erschöpfung zuschreiben soll, gebe ich ihr einen Kuss auf die Stirn.

Dann schaue ich zum Fenster. Der Regen prasselt noch immer gegen die Scheibe.

Morgen werde ich in meinem Schrank Platz für Beléns Sachen schaffen.

Ich stelle mir vor, wie wir am Strand tanzen – ich im Smoking, sie im roten Kleid. Zwei reiche Gringos halten Regenschirme über uns. Ich lege meine Hand auf ihren Rücken und die andere in ihre. Wir verlieren uns in unseren Blicken und drehen uns weiter und weiter und weiter …

JUDITH

Am frühen Morgen gehe ich am Strand joggen.

Der Regen durchdringt mich, ich spüre jeden einzelnen Tropfen auf meiner Haut. Der durchnässte Sand unter meinen Füßen hat etwas von Sirup.

Das viele Wasser verändert aber überhaupt nichts an dem üblen Walgestank, er ist immer noch genauso grässlich und widerlich – auch wenn sich der Wal selbst in Luft aufgelöst hat. Das übersteigt den Verstand. Noch zwei weitere Tage in diesem Elend. Dieser Gestank bedrückt mich, wie mich alles an diesem Cluburlaub bedrückt, dieser künstlichen Blase, seinem billigen Glück.

Ich will nach Hause.

Wie um den Wolkenbruch zu verspotten, lässt eine Frau im Regenmantel am anderen Ende des Strands einen Drachen steigen. Er tänzelt und trudelt durch den grauen Himmel, zerrt an seiner Leine wie ein Hund.

Ich sehe die Müllsammler wieder, ihre Rücken krümmen sich noch stärker unter dem vielen Wasser aus dem Himmel. Kaum zu glauben, dass ich in wenigen Tagen dreitausend Kilometer entfernt in meiner gemütlichen Eigentumswohnung sein werde, während sie noch immer wie Zombies den Strand entlangirren …

Welch grausame Schicksalslotterie.

Ich laufe zurück ins Hotel, vorbei an der Rezeption. Bon steht mit aufgestützten Ellenbogen am Tresen und flirtet mit einer Fake-Blondine auf hochhackigen Sandalen. Er bemerkt mich nicht.

Ich versuche, mir davon nichts anhaben zu lassen, atme einmal tief durch und sage mir, dass dieser Don Juan – *Bon* Juan – nichts weiter als ein unbedeutender Urlaubsflirt ist. Trotzdem habe ich ein flaues Gefühl im Magen, als ich sehe, wie er seine Hand auf den Unterarm dieser Frau legt. Wie er aus vollem Hals lacht und den Kopf nach hinten wirft.

Ich lege einen Zahn zu, damit er mich nicht doch noch entdeckt.

Im Fahrstuhl drehe ich meine Haare zu einem Strang und wringe sie aus. Einen Moment lang starre ich die Pfütze zu meinen Füßen an.

Zurück im Zimmer sehe ich Hugo in der Küchenecke stehen. Er schüttet ein Päckchen Cappuccinopulver in eine Tasse mit kochendem Wasser.

Um Ava nicht zu wecken, die noch immer in meinem Bett schläft, schließe ich vorsichtig die Schlafzimmertür.

Dann drehe ich mich zu meinem Mann um.

Es kommt mir ganz von allein und mühelos über die Lippen: »Hugo, ich will die Scheidung.«

Der ruhige Tonfall überrascht sogar mich – genauso teilnahmslos würde ich jemanden bitten, mir das Salz zu geben.

Ohne aufzublicken rührt Hugo mit einem Löffel in seinem Cappuccino, so dass es leise klirrt.

»Weißt du was … das ist eine wunderbare Idee«, erwidert er, ohne mit der Wimper zu zucken.

Eine Weile ist es still zwischen uns – so lange, wie der Austausch von Ehegelübden dauern würde.

Dann fragt er endlich: »Wie wollen wir es machen?«

»Jetzt ist es Ende März. Für Ava sollten wir das Ende des Schuljahrs abwarten. Im Sommer treffen wir dann die nötigen Absprachen.«

Als Hugo seinen Kopf hebt und mir in die Augen schaut, sehe ich, dass sie feucht sind.

»Du hast das alles schon durchdacht …«, murmelt er mit bebender Stimme.

»Du nicht?«

»Schon, aber nicht so genau.«

Das Klirren seines Löffels in der Tasse wird stärker.

»Und wenn wir wieder zur Paartherapeutin gehen … ein letztes Mal?«

»Du weißt selbst, dass wir damit nur Zeit verschwenden. Es ist vorbei, Hugo.«

Ich spüre, wie ihm die Gedanken durch den Kopf rasen.

Er bewegt leicht die Lippen, versucht, die richtigen Worte zu finden, den Satz, der alles wiedergutmacht. Doch resigniert taucht er sie nur in seinen Cappuccino.

Die Stille zwischen uns wird laut.

Hugo bringt sie zum Schweigen, indem er ein Päckchen Cappuccinopulver nimmt und es lässig zwischen Daumen und Zeigefinger vor mir schwenkt.

»Instant-Cappuccino?«

Ich fahre mit den Fingern durch mein nasses Haar, seufze und sage: »Warum nicht.«

Er gießt ihn auf, aber seine zittrigen Hände können die Tasse nicht halten – sie fällt zu Boden, als er sie mir reichen will.

»So ein Mist«, flucht er mit Blick auf die Cappuccinopfütze und die Scherben auf dem Boden.

Wir verstummen wieder, gehen in die Knie und beseitigen die Sauerei ein trauriges Stück nach dem anderen.

Ein leises Rascheln lässt mich nach hinten schauen. Ava lehnt gegen den Türrahmen. *Shit.* Wie lange steht sie schon da und belauscht uns?

Ihre Arme sind ausgestreckt. Mit den Händen formt sie einen Rahmen, durch den hindurch sie uns betrachtet wie eine Regisseurin, die sich die nächste Einstellung ihres Films überlegt.

»Ich würde euch gerne malen. In diesem Augenblick. Aber leider ist meine Zaubertafel kaputt.«

Hugo setzt sich auf seine Fersen. Er schaut unserer Tochter in die Augen und flüstert ihr unendlich liebevoll zu: »Es ist traurig, was, mein Spatz, wenn die Dinge ihren Zauber verlieren.«

CÉLESTE

Das Wandthermometer in der Sauna zeigt 82° Celsius an.

Aus meinen Poren läuft der Schweiß.

Der Dampf legt sich wie ein schweres Gewand um mich, beruhigt mich.

In dem dichten Nebel kann ich nichts sehen, und dennoch weiß ich, dass ich in diesem Schwitzbad allein bin. Allein und frei.

Welches Wort würde beschreiben, was in der Kirche mit mir passiert ist? Exorzismus? Errettung? Ich weiß nur, dass ich meinen Geist seit diesem merkwürdigen Ereignis los bin. Ich muss es nicht verstehen, vertraue lieber dem Mysterium des Glaubens.

Ich atme tief ein und aus, lasse mich auf die feuchte Umgebung ein. Bei jedem Ausatmen spreche ich ein Dankgebet.

Ich rücke meine Nasenklammer zurecht, schließe die Augen und versinke in der Stille, die nur von den Tropfen unterbrochen wird, die von der Decke fallen – als wäre der Regen der letzten beiden Tage durch den Beton gesickert.

Doch jetzt beginnen die Wände zu beben.

Es fühlt sich an, als würde eine Reihe Sattelschlepper vorbeifahren … Nur gibt es in diesem Bereich des Hotels keine Straße. Vielleicht ist es ein Flugzeug, das tief über die Dächer fliegt … Was ebenfalls keinen Sinn macht, da sich das Hotel in keinem Flugkorridor befindet. Das weiß ich aus erster Hand.

Das Donnern wird lauter, die Wände wackeln nun immer stärker.

Ein Erdbeben. Das kann nur ein Erdbeben sein. Ein Erdbeben!

»Also werden wir uns so begegnen?«, frage ich Gott seltsam gelassen, nun da ich weiß, wie ich sterben werde.

Mein Kopf füllt sich mit unzusammenhängenden Gebeten und Momenten aus meinem Leben – das alles in allem gar nicht mal so schlecht war. Ich wäre vielleicht noch gern nach Lourdes gepilgert und hätte etwas mehr Liebe gemacht, aber davon mal abgesehen kann ich mich nicht beklagen.

Ich greife mein nasses Handtuch, seufze und schließe die Augen. Ich muss nur noch darauf warten, dass mich der Herr holt …

Oder auch nicht.

So plötzlich, wie das Donnern kam, hört es auch wieder auf.

Perplex wickle ich mir das Handtuch um, verlasse die Sauna und laufe in meinen Flip-Flops zur Eingangstür. Ich möchte sie aufdrücken; sie klemmt. Ich stemme mich mit meinem ganzen Gewicht dagegen – nichts zu machen, irgendetwas blockiert die Tür.

Als ich sie endlich so weit aufgedrückt habe, dass ich mich durch einen schmalen Spalt hindurchzwängen kann, sehe ich, was die Blockade verursacht hat: ein dicker Schlammstrom aus Steinen, Pflanzen und Geröll, der alles bedeckt.

Ich wate zögerlich durch den höllischen, zähflüssigen Matsch, der mir bis zur Taille geht.

Mit den Augen folge ich dem Weg der Zerstörung bis zu seiner Quelle: der imposanten Baustelle des neuen Hotelflügels auf dem Hügel. Der viele Regen, der auf die von den Baggern aufgeschüttete Erde fiel, muss zu einem Erdrutsch geführt haben.

Spinne ich oder stand da oben nicht ein Kran?

Zumindest ist jetzt keiner mehr da.

Spöttischer, stakkatohafter Sprühregen kitzelt meine Haut. Die absolute Stille steht ebenfalls in Kontrast zu dieser gewaltigen Katastrophe.

Vereinzelt ist nun ein leises Stöhnen zu hören, dazwischen das Echo verzweifelter Stimmen, die nach ihren Liebsten rufen.

Unter Schock stehende Überlebende laufen jetzt wie Zombies umher, stolpern durch das Meer aus Erde. Manche sind mit Schlamm und Blut bedeckt. Andere, wie ich, wirken unversehrt. Ein elegant aussehender Mann – mit aufgestelltem Poloshirtkragen, perfekt gezogenem Scheitel und einem Badmintonschläger in der Hand – hat nicht den geringsten Kratzer. Er dreht sich desorientiert im Kreis, als hätte er seinen Schlüsselbund verloren.

Der Zufall war am Werk. Einige Hotelgebäude stehen noch, andere sind verschwunden. Der Strom aus Schlamm floss in zwei der drei Pools, riss Palmen heraus und ließ ein paar davon aufrecht wie Masten stehen.

Ein von oben bis unten verschmutzter Angestellter, den ich wiedererkenne, spricht in ein Megaphon. Er hält es so selbstverständlich, dass er es bei sich gehabt haben muss, als sich die Katastrophe ereignet hat. An seiner Hand entdecke ich eine violette Bisswunde. Er spricht bedächtig, bittet die Leute, Ruhe zu bewahren und zum Strand zu gehen. Weitere Anweisungen braucht es nicht. Die Menschen laufen instinktiv dorthin, als würden sie von der Linie des Horizonts angezogen. Der Strom kam vor dem Meer zum Stillstand, also würden sie zum Meer gehen.

Als ich zwischen dem Geröll im Schlamm einen leblosen Körper entdecke, bleibt mir kurz das Herz stehen. War ich noch vor Kurzem bereit, auf meinen Schöpfer zu treffen, bin ich ihm jetzt dankbar dafür, dass er unseren Termin verschoben hat.

Aus dem Augenwinkel sehe ich, wie sich etwas bewegt: ein Nasenbär. Der arme Kerl bemüht sich wie verrückt, den Kopf über dem Schlamm zu halten, indem er sich an das Neonschild des Coco Bongo festklammert. Durch die Erdmassen komme ich nur mühselig voran, aber schließlich gelingt es mir, das Tier auf den Arm zu nehmen. Voller Dankbarkeit in seinen großen braunen Augen rollt es sich sofort an meiner Brust zusammen.

Jetzt darf ich Gott spielen.

HUGO

Der Schlamm reicht mir bis zum Bauchnabel, ich schleppe mich vorwärts. Bei jedem Schritt schlagen mir die Perlen meiner geflochtenen Zöpfe gegen den Nacken – auf einmal schäme ich mich für diese absurde und respektlose Frisur angesichts der Katastrophe, die gerade über uns hereingebrochen ist.

Zum Glück waren Juju, Ava und ich auf unserem Zimmer, als die Erdmasse begann, den Hang herunterzurutschen. Ava baute mit den UNO-Karten ein Haus, Juju lackierte sich die Nägel und ich … ich bin nicht gerade stolz darauf, aber ich hatte mich im Bad eingeschlossen, um mir in Ruhe einen runterzuholen, während ich an Soledad und mich im Bällebad dachte. Ich bin so intensiv gekommen, dass ich einen Moment lang dachte, mein Orgasmus hätte die Wände wackeln lassen.

Jetzt stapfe ich im Bademantel mit dem aufgestickten »Nuevo Gran Palacio« durch den tiefen Schlamm. An einer Hand halte ich meine Tochter, an der anderen meine Frau. Ein verrückter Gedanke, dass es einen Erdrutsch braucht, damit Juju und ich wieder Händchen halten. Der Weltuntergang naht.

Als wir am Strand und damit im panischen Menschengewühl ankommen, lockere ich meinen Griff. Ich suche die Menge ängstlich nach Soledad ab, kann sie aber nirgends entdecken. Auf dem offenen Meer versammeln sich bereits Fischerboote und andere Schiffe, um die Überlebenden zu retten: Da die Straßen zerstört sind, bleibt zur Flucht nur noch das Meer.

Der Hotelangestellte, dem ich in die Hand gebissen habe, weil er mit meiner Frau rumgeknutscht hat, mimt den Mann der Stunde. Was für ein Backpfeifengesicht. In dramatischem Ton gibt er uns durch sein Megaphon Anweisungen. Als seine schnarrende Stimme im Lärm eines Helikopters untergeht, muss ich lächeln.

Der Junge, der mir zu Beginn des Urlaubs Zigaretten verkauft hat, bahnt sich seinen Weg durch die Menge. Er ist voller Schlamm, trägt aber noch immer seine Melone. Mit schwacher Stimme bringt er abgehackt hervor: »*Cigarrillos … Marlboro … Pall Mall … Camel … Cigarrillos …*« Ein echter kleiner Geschäftsmann: Er hat sofort seine Preise verdoppelt, weil er weiß, dass es nichts Besseres als Zigaretten gibt, um die Nerven zu beruhigen. Er, der sonst die Leute angesprochen hat, wird nun selbst von allen Seiten angesprochen.

Auch ich rufe ihn zu mir, um eine Pall Mall zu kaufen, doch als ich in die Taschen des Bademantels greife, wird mir klar, dass ich kein Geld habe.

»*No pasa nada*«, versichert er mir und zeigt auf meine Uhr, »*me darás tu reloj.*«

Meine Omega gegen eine Zigarette? In Anbetracht der Umstände erscheint es mir gerecht. Mein Onkel, der als orthodoxer Priester in den Prärien lebt, hatte sie mir zur Hochzeit geschenkt – er würde bestimmt verstehen, warum ich mich von ihr trenne.

Ich nehme die Omega von meinem Handgelenk und

lege sie dem Jungen um; sein Arm ist so schmal, dass ihm die Uhr bis zum Ellenbogen rutscht. Zum Dank macht der Junge einen Knicks und lüftet seinen Hut. Bevor er weiterzieht, wendet er sich an Ava und entfaltet ein Stück Pappe mit seinem Porträt aus Kugelschreiber. Ich erkenne sofort den Stil meiner Tochter.

»Du musst es noch signieren«, sagt er und hält ihr das Bild und einen Stift hin.

Ava strahlt über das ganze Gesicht – ich glaube, es ist das erste Mal, dass ich sie in diesem Urlaub lächeln sehe.

Der Junge nimmt sein Porträt wieder an sich, zwinkert mir zu und sucht sich seinen Weg durch die vielen Menschen.

Ich werde ihn wohl nie wiedersehen und kriege einen walgroßen Kloß im Hals. Ich weiß noch nicht mal, wie er heißt. Ich taste sofort meinen Hals nach dem Zahn ab, den er mir am Pool geschenkt hat. Je mehr ich meinen Daumen an dem Zahn reibe, desto stärker wünsche ich mir, dass er wie ein Dschinn vor mir erscheint, dass er seine Zigarettenschachtel in den Sand fallen lässt, in Zeitlupe auf mich zugelaufen kommt und seine Lippen auf meine legt.

Er hätte mein erster Kuss sein sollen – nicht nur eine schon lauwarme Erinnerung.

Papa liest scheinbar meine Gedanken.

»Es wird noch andere geben, Motte«, flüstert er mir zu, seine Hand auf meiner Schulter. »Du hast noch dein ganzes Leben vor dir.«

Ich drehe ihm den Rücken zu, um die Tränen besser zurückzudrängen, da sehe ich den Mann mit der Eule, der noch genauso verzweifelt durch die Menge läuft wie vor ein paar Tagen.

»Meine Eule … Sie haben nicht zufällig meine Eule gesehen!?«, stammelt er mit brüchiger Stimme. »Ich habe meine Dolores noch immer nicht gefunden …«

Als er näher kommt, ist seine Stirn schweißnass, seine Augen wirken düster und seine Sachen sind voller Blut und Schlamm.

Ich setze dazu an, ihm die Wahrheit zu sagen, schüttle dann aber doch nur den Kopf. Ich werde nicht diejenige sein, die ihm das Herz bricht.

Am Horizont ist eine kleine, improvisierte Armada von Schiffen, die auf den Strand zusteuert. Die Hotelangestellten teilen die Leute in Gruppen ein und weisen jeder davon ein Rettungsboot zu.

Papa, Mama und ich folgen unserer Gruppe zu dem Boot, das auf uns wartet: Es hat einen gläsernen Boden, durch den Touristen die Meeresschätze bewundern sollen. Sein Name klebt in ausgeblichenen Buchstaben am Bug: *Eos II.* (Wie *Eos I* wohl aussieht?)

Papa, Mama und ich waten durch das braune Wasser, aber der Höhenunterschied ist zu abrupt – ich verliere plötzlich den Boden unter den Füßen, kann gerade noch den Kopf über Wasser halten und paddle wie ein Hund zur Bootsleiter. Dann packt mich eine unsichtbare Hand und stellt mich auf dem Glasboden ab. Sie gehört einer kräftigen Frau mit gekräuseltem grauem Haar und kupferfarbener Haut. Vermutlich die Kapitänin. Sie hilft meinen Eltern an Bord, dann kommt sie wieder zu mir und hält mir eine Rettungsweste hin.

»Sicherheit geht vor«, sagt sie. »Soll ich dir beim Anlegen helfen?«

»Nein danke, geht schon. Mit Rettungswesten kenne ich mich aus.«

WALDEMAR

Es ist nichts mehr übrig von dem Betrieb, dem ich mein ganzes Leben gewidmet habe.

Fünf Sterne, die innerhalb eines Wimpernschlags erloschen sind. Die Schlammlawine hat das Paradies in eine Hölle verwandelt, in einen traurigen Haufen aus Geröll, Schutt und Erde.

Ich danke meinem Schutzengel, dass er im Moment der Katastrophe bei mir war. Ich war gerade im Lager, um das parfümierte Öl für die Tiki-Fackeln zu holen. Zum Glück saß ich nicht in meinem Cart.

Auch Belén ist unversehrt. Ich habe panisch, hysterisch ihren Namen gerufen und alle Gebäude nach ihr abgesucht. Bei den Pools habe ich sie schließlich gefunden. Sie stand unter Schock, also habe ich meine Hände um ihr Gesicht gelegt und sie lange und leidenschaftlich geküsst, wie Paul Newman Joanne Woodward in *Der lange heiße Sommer*.

Als sich unsere Lippen wieder trennten, um Luft zu holen, stellten wir fest, dass die Krankabine, in der wir uns geliebt hatten, in einen der Pools gestürzt war.

»Zum Glück waren wir nicht da drin«, flüsterte Belén und drückte fest meine Hand.

Wir folgen den Stimmen anderer Überlebender und laufen zum Strand. Als ich feststelle, dass meine Nasenklammer fehlt, bleibe ich abrupt stehen. Sie muss in dem ganzen Chaos heruntergefallen sein. Ich atme vorsichtig ein. Und bin erstaunt, was ich rieche: nichts.

Absolut gar nichts.

Der Duft des Wals ist verschwunden.

Komplett.

Aber wie? Es ist, als hätte ihn die dichte Schlammlawine, die den Hang hinuntergeflossen ist, auf wundersame Weise bedeckt und absorbiert.

Verdutzt wende ich mich Belén zu: »Nimm deine Klammer ab.«

»Bist du verrückt!?«

»Na los, mach schon.«

»Waldi, wir stecken mitten in einer Naturkatastrophe von biblischem Ausmaß. Wir müssen es nicht noch schlimmer machen, indem wir *zusätzlich* diesem Gestank Tür und Tor öffnen.«

Ich rolle mit den Augen und reiße ihr die Klammer von der Nase.

Belén schreit auf und vergräbt ihre Nase in der Armbeuge, ist dann aber doch zu neugierig. Sie hebt den Kopf und schnüffelt in der Luft.

Sie flüstert: »Das … das verstehe ich nicht. Ich rieche nichts.«

»Der Gestank ist weg, *mi amor!* Wenn das mal kein Wunder ist …«

»Aber … wie?«

»Was weiß ich. Vielleicht hat ihn der Schlamm verschluckt.«

Belén blinzelt sprachlos.

Ich nehme ihre Hand. Wir laufen schweigend weiter in Richtung Strand. In der Ferne sehe ich, dass der Schlamm bis ins Meer geflossen ist, und jene Stelle, wo der Wal gestrandet ist, komplett unter sich begraben hat.

Leicht lächelnd flüstert Belén mir zu: »Vielleicht kriegst du ja jetzt deine Beförderung. Villarey hat es versprochen.«

Ich muss zugeben, dass ich nicht direkt eine Schlammlawine im Sinn hatte, um den Gestank zu vertreiben. Doch bekanntlich führen ja viele Wege nach Rom. Und El Jefe und ich haben eine Abmachung.

Als ich zum Empfangsgebäude blicke, in dem auch Villareys Büro untergebracht ist, versagen meine Beine. Der Erdrutsch hat einen Teil davon mitgerissen. Es steht nur noch die Wandseite, an der schief das Porträt von Zsa Zsa Gabor hängt.

Keine Spur von Villarey, der doch die meiste Zeit in seinem Büro verbringt. Ich wage nicht, mir vorzustellen, wo er sein könnte, aber ich weiß, dass ich ihn unter den Trümmern suchen muss.

»Geh zum Strand, *mi vida*«, sage ich zu Belén und stehle ihr noch einen Kuss. »Ich komme gleich nach.«

JUDITH

Wir nehmen auf diesem Boot mit gläsernem Boden – unserem Rettungsboot – Platz. Während weitere Menschen an Bord kommen, suche ich den Strand ab.

Bon versucht noch immer, Ordnung in das Chaos zu bringen, indem er Anweisungen durch sein Megaphon ruft, aber seine verstärkten Worte sind geschwollen und nur Luft. Und er weiß es auch – ich sehe es in seinen Augen. Er spricht immer schneller, als könnte er durch sein hektisches Gerede die Zeit zurückdrehen und den Schlamm wieder den Hang hinaufschieben.

Unsere Blicke kreuzen sich, beschwert von der Vielzahl an Möglichkeiten.

Ich entdecke die Müllsammler, denen ich auf meinen morgendlichen Joggingrunden begegnet bin. Als mir klar wird, dass sie jetzt Tote einsammeln, läuft es mir kalt den Rücken hinunter. Einer der Männer kommt keuchend vom Hotel zurück, den Arm voller Laken: Leichentücher. Die schaurige Stille wird nur von den Schreien der Möwen zerrissen, die über lauwarmem Fleisch ihre Kreise ziehen. Die Männer wickeln die ersten leblosen Körper gewissenhaft und respektvoll ein.

Ich lege meinen Arm um Ava, halte meine Hand vor ihre Augen. Sie muss das nicht sehen.

Damit die anderen, die an Bord kommen, auch noch Platz haben, rücke ich dichter an Hugo heran. Unsere nackten Arme berühren sich, kleben aneinander, aber weder er noch ich tun etwas dagegen. Wir lassen die Berührung geschehen.

Er sieht zu den Toten. Ihm scheint die Luft in der Röhre stecken zu bleiben; sein Atem geht stoßweise und er murmelt heiser vor sich hin: »Oh nein, oh nein, oh nein, bitte nicht du, oh nein, oh nein …«

Du wer?

Auch Céleste spricht etwas vor sich hin: ein Gebet auf Latein, glaube ich. Ich strecke instinktiv meine Hand nach ihr aus – sie greift mit aller Kraft zu. Wir kennen uns kaum und doch macht in diesem Moment nichts mehr Sinn, als uns fest an den Händen zu halten, als hingen unsere Leben davon ab.

Mit gerunzelter Stirn flüstert sie ihr Gebet voller Inbrunst und Dringlichkeit. In den endlosen Sekunden, bevor unser Boot in See sticht, lasse ich mich von ihren geheimnisvollen Invokationen und den schaukelnden Wellen wiegen.

Ich betrachte meine Tochter. Ihre leuchtenden aquamarinfarbenen Augen, die Grübchen auf ihren noch rundlichen Wangen, ihre nach oben gebogene Nase … ihre Nase ohne Stöpsel!?

Um ihr das mitzuteilen, klopfe ich mit einem überraschten Gesichtsausdruck auf meine.

»Wir brauchen sie nicht mehr, Mama«, sagt sie ganz gelassen. »Es stinkt nicht mehr.«

HUGO

Beim Anblick des malvenfarbenen Armbands wird mir schlecht. Ich fühle mich, als wäre mir der Boden unter den Füßen weggezogen worden.

Entsetzt falte ich erst die Hände vor dem Mund zum Gebet, dann greife ich an die Reling und flüstere: »Oh nein, oh nein, oh nein, bitte nicht du, oh nein, oh nein …«

Nicht du, nicht dein Armband.

Doch an dem schlaffen Arm, der unter dem weißen Laken hervorragt, erkenne ich es wieder.

Das Meer ist glatt, aber das Boot scheint trotzdem zu schwanken. Alles dreht sich um mich herum, mein Magen zieht sich zusammen, ich beuge mich über das Wasser, bereit, diesen höllischen Urlaub, den wir nie hätten machen sollen, über Bord zu werfen. Wegen der Übelkeit lehne ich mich weiter vor – ich muss mich nicht übergeben, aber meine Nasenklammer fällt mit einem leisen *Plopp* ins Wasser.

Kurz erstarre ich, dann atme ich vorsichtig ein. Der Gestank, der einem die Kehle abschnürt, ist verschwunden, und ich verstehe nichts mehr. Das Boot ist brechend voll, nicht einmal eine Stecknadel hätte noch Platz. Die Kapitänin lässt den Motor an. Jemand fragt, wohin sie uns bringt. Worauf sie erwidert: »Auf die andere Seite der Bucht zu einem Hotel, das bereit ist, die Verunglückten aufzunehmen.«

Wir fahren einen großen Bogen durch das Wasser und steuern auf den Horizont zu.

Ava sitzt zwischen uns. Juju hält eine Hand, ich die andere. Ich drücke sie zwei Mal – unser geheimes Zeichen. Als sie es mir gleichtut, spüre ich, wie eine Riesenwelle auf mich niedergeht. Meine Schultern beben, aus meinem Hals dringt ein heiseres Wimmern, das mich selbst überrascht. Dann muss ich schluchzen.

Alle Augen im Boot richten sich auf mich, doch ich lasse meinen Tränen freien Lauf, ohne Scham, als wäre ich allein auf der Welt.

BELÉN

Als Waldemar sich am Strand endlich zu mir gesellt, wirkt er erschüttert. Ich traue mich nicht, zu fragen, ob er Villarey gefunden hat – und wenn, in welchem Zustand. Man muss nicht alles wissen.

Am Ufer nehmen die Rettungsboote zuerst die Hotelgäste auf. Die Angestellten halten sich etwas abseits und flüstern besorgt miteinander.

»Oh nein, das wird hier nicht so laufen wie auf der Titanic!«, wettert Waldemar und zieht mich an der Hand mit sich.

Er bahnt sich seinen Weg durch die Menge und ruft der Belegschaft zu: »*Compañeros*, es gibt weder Hotel noch Hotelregeln mehr! Ihr seid frei! Die Hotelregeln gelten nicht mehr!«

Ich folge Waldemar bis zum Bauchnabel ins Wasser. Wir gehen auf das nächstgelegene Boot zu – ein Boot mit gläsernem Boden, das bereits voll besetzt ist.

Er deutet mit dem Kopf auf die Leiter und ermutigt mich: »Na los, nur zu!«

»Wartet auf das nächste Boot, hier ist kein Platz mehr!«, protestiert eine pummelige Touristin in einer Rettungsweste, die ihr drei Nummern zu klein ist.

»Dann sorgen wir eben für Platz!«, entgegnet Waldemar, hilft mir auf die Leiter und klettert dann selbst hinauf.

Es wird gestöhnt und gemurrt, aber die Passagiere auf der Bank rücken für uns zusammen.

Ich erkenne einige von ihnen wieder.

Wie die Familie, die mir während einer meiner Schlafanfälle geholfen hat. Der Mann und die Frau sind meilenweit voneinander entfernt. Und die Tochter hat für ihr Alter viel zu traurige Augen.

Ich erkenne auch die Frau wieder, die mir eines Morgens ihre blutigen Laken gegeben hat, als würde sie sich um ein Geheimnis erleichtern. Sie lächelt mir mitfühlend zu, wie um zu sagen »alles wird gut«, während Waldemar mich in die Arme nimmt und mich auf die Schläfe küsst. Ich lehne meinen Kopf gegen seine Schulter und fühle mich so geborgen wie lange nicht mehr.

Wir fahren ins Blaue, weg von der Küste, ab und zu spritzt uns salzige Gischt entgegen. Eingehüllt in Stille schauen alle auf die Trümmer des immer kleiner werdenden Nuevo Gran Palacio.

Nur ich nicht. Ich bin zum ersten Mal auf einem Boot mit Glasboden, also gucke ich nach unten.

Ich sehe ausgeblichene Korallen auf dem Meeresboden. Dann einen Schwarm kleiner gestreifter Fische, die in alle Richtungen schwimmen. Und dann eine Qualle, durchsichtig wie ein Geist mit dünnen Tentakeln.

Plötzlich wird sie verdeckt von etwas Großem, das vorbeizieht – ein fliehendes Dunkel, ein flüchtiger Schatten, der den Glasboden schwärzt. Das Dunkel verschwindet, taucht dann etwas tiefer wieder auf.

Ein Wal.

Er gleitet anmutig durchs Wasser, bewegt seine Schwanzflosse geschmeidig auf und ab. Er scheint auf die Rückkehr des anderen zu warten, der verschwunden ist. Eine Schwester, ein Bruder, ein Elternteil.

Der Koloss dreht sich nur wenige Meter unter dem Glasboden auf die Seite und gleitet unter mir vorüber. Langsam öffnen sich seine prähistorischen Falten und enthüllen eine große kristalline Scheibe: ein Auge.

Das Auge betrachtet mich neugierig eine halbe Ewigkeit lang.

Dann schließt es sich langsam wieder.

Auch meine Lider sind plötzlich ganz schwer. Ich werde sie auch kurz zumachen …

Oh, nicht lange.

Nur für ein kleines Nickerchen.

DANKSAGUNG

Tausend Dank an Sonja Finck, dass sie meinem Wal den Weg nach Deutschland gewiesen hat. Und an Jennifer Dummer, die ihn durch ihre sorgfältige und aufmerksame Übersetzung zum Leben erweckt hat.

Ein herzliches Dankeschön an Friederike Schilbach, Tabea Hecht und das wunderbare Team der Aufbau Verlage. Danke, dass ihr an das Buch geglaubt habt, für ein feines Auge und die immer professionelle Unterstützung.

Mit Handküssen überhäufe ich das Conseil des arts von Ontario und meinen kanadischen Verlag, Flammarion Québec.

Ein großes Dankeschön an meine Erstleserinnen: Joëlle Hébert, Marie-Camille Lalande und Nicole Lavigne. Eure Anmerkungen waren mir unglaublich wertvoll.

Ich danke auch Carles Camós-Andreu, Susana Fernández, David Hoepfner, Léna Mardi, Maxime Pistorio, Madeleine Stratford und Anna Woll für die kleinen und großen Hilfen und für Euer Dasein.

Für unsere bereichernde literarische Freundschaft und den Auftrieb, den ich daraus erhalte, ein besonderer Dank an Neil Smith.

Danke Dir, liebe Steffi, für alles, was Du bist.

Merci à ma famille adorée, mon parachute.

Und vor allem danke ich Dir, liebe Leserin, lieber Leser.